OS BÊBADOS E OS SONÂMBULOS

BERNARDO CARVALHO

OS BÊBADOS E OS SONÂMBULOS

Romance

COMPANHIA DAS LETRAS

Capa:
Silvia Ribeiro
sobre foto de observadores
de teste atômico (1951),
de autoria desconhecida

Preparação:
Márcia Copola

Revisão:
Carmen S. da Costa
Lucíola M. S. Morais

Dados Internacionais de Catalogação na Publicação (CIP)
(Câmara Brasileira do Livro, SP, Brasil)

Carvalho, Bernado
Os bêbados e e os sonâmbulos / Bernardo Carvalho.
— São Paulo : Companhia das Letras, 1996.

ISBN 85-7164-556-6

1. Romance brasileiro I. Título.

96-1481 CDD-869.935

Índices para catálogo sistemático:
1. Romances : Século 20 : Literatura brasileira 869.935
2. Século 20 : Romances : Literatura brasileira 869.935

1996

EDITORA SCHWARCZ LTDA.
Rua Bandeira Paulista, 702, cj. 72
04532-002 — São Paulo — SP
Telefone: (011) 866-0801
Fax: (011) 866-0814

Minha mãe me contou a história fazendo-me prometer que não a repetiria a ninguém. Ao me fazer esse pedido, sabia de certa forma que a trairia. Este livro é para ela.

ÍNDICE

I

OS BÊBADOS E OS SONÂMBULOS

1

O REPATRIAMENTO SANITÁRIO

Quando nos acidentes há uma testemunha, alguém que estava passando pelo local por uma coincidência ou que vivia no local e foi surpreendido pelo acidente, essa pessoa tem uma função e seu testemunho não serve apenas para fins legais ou jornalísticos, mas para alguma outra coisa que eu nunca soube bem o quê, e foi ainda no meio desse raciocínio confuso e inacabado que decidi procurar a mulher que tinha sido entrevistada pelos jornais da época.

Há cinco anos, quando tiraram o tumor da cabeça da minha mãe, também havia uma terceira pessoa. Na noite da operação, quando o médico me chamou, tocou o interfone no hall do hospital vazio, às cinco da manhã, onde eu tinha ficado no escuro, esperando com o Sérgio, um amigo dela, e a Ivone, que tinha acabado de chegar de Nova York, havia uma terceira pessoa. Subiu comigo, correndo pela escada depois de a enfermeira ter ligado da sala de cirurgia e dito que o doutor queria me ver. Podia estar querendo dizer que ela havia morrido na mesa de operação, onde já estava fazia nove horas, ou que ia ficar doida pelo resto da vida, igual à última semana — minha mãe começou a se sentir mal uma semana antes de entrar em coma, tinha enjôo e dores de cabeça, estava ficando louca mas eu não sabia.

Subi as escadas correndo, até o quarto andar, e havia alguém comigo. Ouvia a respiração. Não era nem o Sérgio nem a Ivone, que vieram atrás. Era alguém que correu comigo, na frente, ao mesmo tempo, e estava ao meu lado quando o médico veio lá de dentro todo sujo de sangue, com uma cumbuca metálica e o tumor boiando ali dentro, uma bola de tênis, ele disse, enquanto me mostrava, orgulhoso, e eu comecei a chorar — até então tinha me controlado, toda a noite — e agradeci, disse obrigado, acho que disse mais de uma vez, e ele me abraçou. Havia uma terceira pessoa antes de o Sérgio e a Ivone chegarem e me verem espirrando lágrimas abraçado com o médico. Uma testemunha, prosseguindo no meu raciocínio confuso e inacabado, que sorriu para mim no meio daquilo tudo.

Era um homem de uns sessenta anos, gordo, baixo, exausto e ofegante (por causa do enfisema, mas eu ainda não sabia), com o cabelo muito ralo, raspado rente ao couro cabeludo, e gotículas de suor na testa e na nuca. Estava com um terno azul-marinho e uma gravata vermelha bem fina. Aproximou-se de mim, sorriu de novo e disse que se chamava Bob. O sorriso dele me acalmou, nem que tenha sido só por me distrair, porque demorei para reconhecê-lo. Perguntou se me lembrava dele. Quando eu tinha cinco anos, pegou um avião em Houston, bêbado, e desembarcou de manhã no Rio de Janeiro só para pedir minha mãe em casamento. Telefonou para ela do aeroporto ainda em Houston e disse que estava indo para o Rio, dez anos depois. Não disse o motivo. Só que tinha se separado. Tiveram um caso antes de ela conhecer o meu pai, quando trabalharam juntos num banco americano no Brasil. Tocou a campainha lá de casa às nove da manhã — e às dez da noite já estava de novo dentro de um avião, de volta para Houston, depois de ter alugado um carro, nos levado para almoçar, pedido minha mãe em casamento enquanto eu brincava com um amigo (já era o Jorge naquele sábado) e recebido uma recusa simples e categórica. Um ano depois, casado de novo, trouxe a nova mulher, que havia conhecido nas reuniões dos Alcoólatras Anônimos, para minha mãe conhecer. Estava entusiasmado com o novo negócio, procurando petróleo numa terra das mais improváveis, seca em cima e embaixo, que conseguira do governo, no Texas. Eu lembrava dele mais dessa segunda vez. Como olhava para a minha mãe na mesa, em busca de aprovação. Por mais de vinte anos, os dois nunca deixaram de se corresponder, contando todos os detalhes da vida de cada um, o marasmo, mas também os infortúnios e os júbilos, e ele me disse na noite do hospital que pegou um avião assim que soube que ela havia entrado em coma, depois de ligar, após semanas sem as cartas dela.

Olhei para ele na porta do centro cirúrgico. Continuava sorrindo, gordo e calvo. "Você sabe, eu nunca disse para ninguém. Muito menos à minha mulher. Mas agora preciso dizer a alguém. Só posso falar com você. Fica entre nós. Sua mãe foi o único amor da minha vida." Também disse que acreditava numa vida para além desta aqui e que lá, tinha certeza, iam finalmente se encontrar.

Dois anos depois, como eu ia passar por Houston mesmo, de férias, minha mãe, um milagre, já recuperada, pediu que ligasse para o Bob, que tinha parado de escrever de repente, e quando eu quis falar com ele, a mulher do outro lado da linha me perguntou, com a voz embargada, se não tínhamos recebido o telegrama. Quando contei para minha mãe, na volta (fora enterrado havia um mês — embora tivesse lhe dito que queria ser cremado e ter as cinzas jogadas na baía de Guanabara; ela era a única a saber), ela ficou em silêncio, abriu um armário e passou uma semana lendo todas as cartas dele, uma por uma, cercada de caixas, sentada no chão do quarto.

Há um ano e meio, o mesmo neurologista que a operou me disse que havia uma "tendência inexplicável", uma “estranha preponderância” na família — era o mínimo que podia dizer depois de terem diagnosticado o mesmo mal em duas irmãs dela e o irmão ter morrido com um tumor no cérebro, maligno neste caso —, e deu a entender que era muito possível que eu também estivesse desenvolvendo um havia anos. Por que não fazer o exame? Seria uma precaução. Foi só quando ele me disse, com o resultado da ressonância magnética numa das mãos, que era inoperável (os estragos podiam ser ainda maiores no caso de uma cirurgia; era muito arriscado, devia ficar em observação, ver até onde podíamos levar aquele quadro), que tive pela primeira vez a idéia de ir atrás da única testemunha, a mulher que tinha sido entrevistada pelos jornais da época e cuja história passei a minha vida ouvindo — o que me irritava — desde a morte do meu pai e do meu irmão no acidente, a mesma que depois passaria a me perseguir, minha sombra, a última testemunha de mim mesmo.

O neurologista me disse que o tumor não era tão grande — e provavelmente benigno — mas que, embora de desenvolvimento muito lento (achava que seria como os meningiomas das minhas tias), ia mudar, primeiro de forma mais imperceptível e depois radical, o meu comportamento, a minha personalidade, sem que eu me desse conta; ia me transformar numa outra pessoa antes de me matar. Não falou com essas palavras. Foi mais humano. Aos poucos me tornaria um outro e o que eu era desapareceria — “por causa da lesão”. Seria outra pessoa — mas o fato de não perceber a passagem, a mudança, talvez me ajudasse, uma vez que passaria inconsciente por tudo, não lamentaria a perda de quem eu era —, ninguém é ninguém, tudo é relativo, disse, basta um toque aqui (ele tocou a minha testa) e puf!, o que você chama de eu some, e me abraçou de novo, na saída, diante do meu silêncio e da minha consternação. Disse que não era assim tão grave. Podia levar anos. Era imponderável. A alma é meramente fisiológica. Não foi ele que falou desse jeito. Fui eu que entendi assim.

Podia ter tido a idéia antes. Se queria tanto saber. Passei a vida com várias dúvidas martelando a minha cabeça (antes mesmo do tumor) sempre que ouvia a história do avião, que me irritava. Mas foi só depois de saber que ia virar outra pessoa, que era irremediável — e, pior, sem notar, sem ter qualquer sinal do início do processo, sem poder saber nem ao menos se tinha começado: quando eu já não fosse mais o mesmo, não me lembraria de quem havia sido —, que me dei conta, sem entender bem a razão, de que a testemunha do acidente talvez pudesse me dar uma explicação, uma pista — se não de quem eu era, pelo menos de quem eu fora —, e servir como a memória que estava prestes a perder, se é que já não tinha perdido, já que ela vira tudo, estava lá quando tudo começou.

Nas fotos, aparece apenas em duas ocasiões, muito menos gorda, quase irreconhecível — no local do acidente, quando ainda se pensava que era apenas mais uma pessoa nas imediações, um dos que acorreram com todo o estrondo, e depois em casa, sentada num sofá, já reconhecida como a única testemunha do desastre, uma vez que tinha visto tudo desde o início, porque de certa forma pode-se dizer que o avião caiu a seus pés —, mas o mais impressionante era a voz, guardada nos arquivos da rádio, que eu associava à imagem do avião semi-afundado na água, explicando o que tinha acontecido e só ela visto tão de perto. Era da voz que eu me lembrava quando ela abriu a porta do apartamento do Flamengo e me pediu para entrar.

Seu carro tinha quebrado na avenida Beira-Mar, ao lado da pista, e ela estava indo a pé em busca de socorro quando ouviu o mergulho, primeiro o estranho barulho dos motores — o mesmo que atraiu em seguida outros curiosos — e depois o choque contra as águas da baía. Ela falava do estranho barulho dos motores e as fotos mostravam os homens de terno, alguns agarrados a suas maletas encharcadas, sendo atendidos pelas equipes de socorro. Ela dizia: "Eles nadaram agarrados a suas maletas". Quando a encontrei finalmente, depois de pesquisar em jornais velhos e na rádio, ela completou: "E no meio deles emergiu de repente uma mulher com uma criança nos braços". Nem precisou perguntar qual o meu interesse no acidente; eu disse: "Aquela criança era eu".

Ela me acompanhou por um corredor muito longo e escuro que levava da entrada até a sala inundada de luz, de onde se tinha a vista da baía, que demorava a surgir. Porque era ofuscante. Era impossível não fechar os olhos para só depois, ao abri-los, surpreender-se com a vista — e o quadro. Desde o início, foi preciso fechar os olhos, fechar os olhos para abri-los. O apartamento era o mesmo. Na parede, atrás do sofá onde estava sentada quando deu a segunda entrevista para os jornais, vinte anos antes, e também quando começou a me falar do acidente, havia o quadro, a primeira coisa que vi assim que meus olhos começaram a se acostumar com a claridade, quando os abri. Era uma paisagem desértica, uma planície de areia e pedras, como se fosse o fundo do mar só que sem água, onde cinco pessoas, quatro homens, quatro velhos gordos, para ser mais preciso, e uma mulher, estavam estendidos ao sol em chaises-longues, todos virados para o mesmo lado, dispostos paralelamente um ao lado do outro, com os olhos fechados, eu achei. Ela notou meu interesse pelo quadro quando entrei. "Chama-se *Os banhistas ao sol*. É apenas uma reprodução, uma cópia", disse. Como eu não falava ou me mexia, ela continuou: "Meu avô freqüentava a Academia — a Academia de Belas-Artes, você sabe?", explicou — "no começo do século, por volta de 1905, não, antes. Tinha muitos amigos. Todos pintores. Minha mãe me deu este aí depois da morte dele. Me disse que não passava de uma cópia. Ele não tinha talento para a coisa, nem imaginação. Fazia reproduções das obras dos amigos", disse, rindo e me pedindo para sentar. Além de mais gorda, estava muito mais velha. Os cabelos tinham ficado brancos, o rosto havia inchado, assim como os braços e as pernas. Nos jornais, ela contava a mesma história da mulher que tinha emergido de repente das águas com uma criança nos braços. Estava muito excitada em falar de novo do acidente depois de tantos anos, agora que ninguém mais vinha visitá-la, disse. Mas se calou quando ouviu a minha frase. Quando a interrompi para dizer que aquela criança era eu. Não esperava. Sentiu-se mal com a própria excitação. Não sabia mais para onde olhar (fechou os olhos como se tivesse sido ofuscada pelo sol), o que fazer com a euforia inicial. Achava que eu fosse um pesquisador. Era o que eu tinha dito, com medo de que se recusasse a me receber. Ficou envergonhada, como se tivesse sido desmascarada, e a experiência fosse mais minha do que dela, pudesse desmenti-la, porque eu também tinha visto — e, mais, vivido — tudo, e estivesse ali para controlar os exageros da sua imaginação. Pedi que continuasse. Mudou de tom. Ficou mais sóbria. "Eles começaram a sair logo, alguns sobre as asas, outros de dentro d'água. Vinham nadando com um único braço, segurando com o outro as suas maletas. Ela não pulou da asa como a maioria, não, emergiu. Deve ter saído pela parte da frente, que estava submersa — o avião entrou de bico", ela fez o gesto com uma das mãos. "Ao contrário dos outros, que nadavam no meio da água oleosa e da lama para uma ponta um pouco mais adiante, ela veio em linha reta, na minha direção. Eu estava imobilizada diante daquilo tudo, acho que em estado de choque. Não me mexi. Não estava entendendo nada. Aquela mulher vinha na minha direção trazendo uma criança. Quando chegou à margem, escalou o gramado sem pedir ajuda. Eu também não conseguia fazer nada. Não conseguia tomar uma iniciativa. Mas era como se ela não me visse. Estava coberta de lodo e óleo, imunda e fedendo, sempre com a criança nos braços.''

''E o que ela disse? Disse alguma coisa?'', perguntei, ansioso, interrompendo-a.

''Caminhou até onde eu estava, estendeu a criança — ela me entregou a criança, não é?'', disse como se me perguntasse — ''e eu a segurei atrapalhada, enquanto ela saía andando pela avenida vazia. Caminhou uns cinqüenta metros pelo meio-fio, depois voltou, passou de novo por mim e perguntou: 'Você sabe onde eu acho um táxi por aqui? Estou com muita pressa'. Me lembro até hoje da frase. Me lembro direitinho. Como se nada tivesse acontecido. Tinha um sotaque. Eu não disse uma palavra, não conseguia falar. Ela olhou para mim — deve ter achado que eu era uma inútil, mas eu não conseguia — e também não disse mais nada. Eu me arrependo. Mas não sei do quê. Não sei se faria diferente. Ela continuou para o outro lado da avenida e nunca mais a vi.'' Aqui a testemunha fez uma breve pausa e disse: ''A criança berrava'', e olhou para mim.

Perguntei se aquela mulher não tinha falado nada de uma outra criança (eu não disse que era o meu irmão morto, cujo corpo nunca foi encontrado) — e sobre o homem que tinha ficado como um escudo (era o que diziam) na frente dos dois meninos, ou que, ao contrário, teria provocado tudo, segundo minha mãe na sua loucura, pouco antes de entrar em coma. Ela balançou a cabeça. Nas fotos, ainda no local do acidente, era ela quem estava com a criança no colo, mas ainda não tinham percebido que era, na verdade, a única testemunha. Estavam apressados e perturbados. Segundo ela, a criança gritava muito e esperneava, não estava propriamente chorando, berrava, e ela a sacudia nos braços, tentando falar. Ela dizia: "Foi aqui que ela saiu com a criança, bem aqui, e depois foi embora, eu não sei...". Em uma das fotos, ela olhava para trás, para a avenida agora invadida pela polícia, pelos jornalistas e curiosos, tentando ver através daquele bolo de gente mas, fora os carros passando e a massa ali concentrada, não havia mais nenhum vestígio de pedestres: "Era uma moça alta. Eu não sei. Uns vinte e cinco anos, trinta? Talvez? No máximo. Tinha um sotaque", dizia, como se aquela mulher que tinha lhe entregado a criança fosse agora, na sua cabeça, justamente por ter desaparecido, só uma aparição. Ela se virou para mim: "Depois foi identificada pela lista de passageiros. Mas parece que, quando a procuraram, não quis falar. Na verdade, nunca a encontraram. Não há nenhuma fotografia. Tinha um nome estrangeiro. Deixe ver...", com a mão na cabeça, levantou-se: "Tenho tudo guardado, me dê um minuto". Quando voltou lá de dentro, eu estava de pé, olhando o quadro à distância, os quatro velhos e a mulher virados para o sol, de olhos fechados. "Finkelstone", ela disse. "É isso mesmo: Finkelstone."

Sobrei eu. Estávamos decolando do Santos Dumont e o piloto errou o fim da pista — ou foi uma pane dos motores? (Na loucura, minha mãe deu a entender que o meu próprio pai teria planejado e provocado tudo,bêbado, para matar o meu irmão morto, embora não explicasse como, e se arrependido no último instante.) Toda a minha vida foi marcada pela Ponte Aérea, antes mesmo do acidente, que foi apenas o clímax, eu acho, uma confirmação e, de certa forma, um segundo nascimento. Na verdade, não teria nascido se meu pai e minha mãe não tivessem se conhecido esperando as malas no Santos Dumont. Viviam na Ponte Aérea. Dividiram um táxi. Torceram a vida um do outro. Não foi fácil. Houve mais de uma separação e mais de um reencontro. Cada vez que um deixava o outro, ia direto para o aeroporto — ele era de São Paulo e ela do Rio. Durou quatro anos. Daquela vez as coisas foram mais complicadas. Ele tinha vindo buscar os filhos, bêbado. Era a história oficial, que eu ouvi. Estava decidido a levá-los embora. Aqueles filhos que ele não quis e a quem se apegou pouco a pouco (eu pensava, até ouvir minha mãe, na loucura, logo antes de entrar em coma por causa do tumor, dizer que na realidade ele matou o meu irmão porque tinha descoberto que ele era filho do Bob e não dele, e insinuar que aquele não tinha sido um acidente, mas um suicídio e um assassinato, embora não explicasse como, e que eu só escapei por sorte). Poderia ter sido processado por rapto. Se tivesse sobrevivido. Parece. Porque não me lembro de nada. Foi atingido na cabeça com o choque. Foi atingido porque teria se colocado na frente das duas crianças, como um escudo, para protegê-las (o que contradiz minha mãe, na loucura, a menos que ele tenha se arrependido na última hora, o que ela também cogitou). Foi o que me disseram. Não posso saber. Não sei como eles eram. Se se pareciam comigo. Minhas primeiras lembranças começam por volta dos três anos, para ser mais preciso, no aniversário de três anos, um ano e pouco depois do acidente, quando eu já me comportava mal. Durante muitos anos, minha mãe sempre chorava no meu aniversário. Sobrei eu. Trancava-se no quarto, soluçando. Uma das primeiras lembranças sou eu chutando a canela da babá enquanto todos cantam parabéns. Parabéns por ter nascido? Demoraram para entender que aquilo (toda a indignação de estar ali, entre eles, que já estava registrada nas fotografias nos jornais: a criança que berrava) ia durar. Desde que me conheço por gente venho ouvindo falar do avião. Do meu pai e do meu irmão desaparecidos. Não é nada fácil. Sobrei eu. Tinha que reagir de alguma forma. É natural. Só demorei para ter o estalo. Afinal a testemunha devia saber alguma coisa a mais, devia ter alguma coisa a me dizer. Quando terminou, e achei que não tinha ouvido nada de novo (mas estava enganado), olhamos mais uma vez para o quadro atrás do sofá. Ela chegou bem perto e passou o dedo no canto da tela: "Está empoeirado!", exclamou revoltada e depois sorriu para mim sem graça, como se tivesse por um momento esquecido que eu estava ali e acordado de repente para a minha presença. "É o pintor", disse (e eu me aproximei), apontando para o terceiro banhista, que (foi só então que notei) tinha uma câmera fotográfica armada num tripé à sua frente e, ao contrário dos outros, que estavam de olhos fechados para o sol, fotografava sentado algo que tinha diante de si mas ficava fora do quadro. "Deram muitos escândalos aqui no Rio de Janeiro. Parece que iam para praias afastadas e tomavam banho nus. Sempre achei essa paisagem estranha. Mas não sei dizer. Essa gente nessa paisagem. Essa gente não podia estar nessa paisagem!", disse quase indignada. Tinha uma certa razão. O que estavam fazendo aqueles banhistas no meio de um deserto? E além do mais de olhos fechados? Lembrei do que disse sobre o avô, que não tinha talento nem imaginação. "Às vezes me faz mal", ela disse. "Só de olhar." O quadro me incomodava também. Parecia fora de época. Puxava para dentro. Obrigava o espectador a querer viver num outro tempo, que nunca era o dele, eu achei. Uma nostalgia insaciável. Ela se virou para mim e disse: "Você me desculpe, mas para mim é muito estranho encontrar você agora e pensar que é aquela criança. É duro acreditar. O que aconteceu com você depois do acidente?", e tudo o que me passou pela cabeça como resposta, embora não fosse meu desejo que ela pensasse que tinha vindo para vender os meus préstimos, foi: "Sou psiquiatra".

Menti. Seria muito complicado explicar tudo, dizer a verdade. Não quis entrar em detalhes, me estender. Quis ser psiquiatra. Na verdade, estudei medicina, pretendia estudar psiquiatria, mas larguei. Acho que foram os cadáveres. Mas só quando o neurologista me falou do tumor e eu percebi que não teria tempo. Durante toda a infância, costumava passar, em ônibus entupidos de gente, quase virando nas curvas, na frente do Pinel, para ir ao dentista no Centro, e a imagem dos doentes em uniformes azuis me aterrorizava. Ficava enjoado. Tinha engulhos. Uma vez cheguei a vomitar de verdade, quando peguei o ônibus errado e tive que descer justamente em frente ao Pinel. Os loucos estavam nas sacadas com os mesmos uniformes azuis. Eu mal conseguia caminhar olhando para eles. Vi que um deles também olhava fixo para mim. Comecei a vomitar logo depois de ele gritar o meu nome. Ouvi muito bem: Guilherme! Estava me chamando. Ninguém mais ouviu, porque os ônibus entravam a toda pela curva, freavam e arrancavam do ponto ali em frente, e ninguém ouvia nada. Os loucos me chamavam. Optei pela psiquiatria mais por precaução. Teria a garantia de não ser enfurnado a contragosto ali dentro eu também. Pensei em entrar por vontade própria, como médico, para evitar ser pego de surpresa, como paciente.

Estava no segundo ano quando larguei. Mais por causa dos cadáveres. Quando entendi que não teria tempo. Só depois iria descobrir que os psiquiatras também enlouquecem, meses depois de visitar a testemunha. O Jorge não me deu o nome. Só me disse que ele tinha se embrenhado no Sul do Chile e precisava ser trazido de volta. Disse que larguei a medicina por causa dos cadáveres, mas também por causa do Jorge, quando descobri que não daria tempo, para ficar ao lado dele, o que sobrava de mim e do que eu tinha sido. Já era ele no dia em que o Bob pediu a minha mãe em casamento. Ele é mais forte, mais alto e mais gordo que eu, com os olhos pequenos, a pele muito branca e a boca muito fina e vermelha, o contrário de mim. Nos separamos ainda pequenos. Soube que decidira entrar para a escola de cadetes porque não tinha chances. Ia ser militar. Quanto a mim, não escapei do CPOR, e depois entrei para a medicina. Nunca mais nos vimos. Quando o neurologista me falou do tumor, por causa dos cadáveres mas também por ele (quando o neurologista me disse que eu ia esquecer quem eu era, pensei no Jorge, achei que podia esquecê-lo também, não queria esquecê-lo, transformei-o na imagem do que eu tinha sido, fora de mim, para me preservar nele), porque percebi que não tinha tempo, larguei tudo, para escândalo da família, pouco antes de procurar a testemunha, encontrei-o e me enfurnei naquele quartel, como aspirante, ao lado dele, sob as ordens dele, agora que já era tenente, numa época em que não podia passar pela cabeça de ninguém se tornar um militar. O que era contra tudo o que eu era, ou tinha sido. Eu já não era mais. Virei aspirante. O que ninguém podia ser eu fui.

Era ele que me passava os serviços. Era o único ali a saber do tumor e de toda a minha história. Achei que seria a minha memória quando ela desaparecesse junto comigo, que continuaria a sonhar por mim, no meu lugar. Achei que queria me testar. Já tinha quase esquecido os cadáveres e os serviços médicos (o que eu tinha querido ser) quando ele me veio com a história do psiquiatra louco. Quando ainda era estudante de medicina, fiz acompanhamentos, urgências, repatriamentos sanitários. Estes últimos eram os menos freqüentes e também os que davam mais trabalho. Na realidade, só fiz dois. Um rapaz na Alemanha, após uma inexplicável tentativa de suicídio, um surto, e uma moça na África, com o diagnóstico equivocado de demência. Em geral, eram pessoas que saíam do Brasil para uma temporada mais longa fora — acontecia raramente com turistas em férias — e surtavam durante a ausência do país. Muitas vezes eram pessoas sem histórico psicótico, o que era pior, pois estavam despreparadas, desprevenidas. Enlouqueciam de repente. Era preciso buscá-los, trazê-los de volta. Era preciso que um acompanhante viajasse com eles, um estudante de medicina no mínimo. Era aconselhável que falasse a mesma língua; servia como um tipo de conforto. Era preciso ter os contatos certos. Uma vez dentro do esquema, acabava sendo chamado de novo. Criava confiança. Eu nunca falei diretamente com os sujeitos responsáveis pelos doentes. Nem sabia quem eram. Havia sempre um intermediário da escola. Nunca pensei que aquilo me perseguiria no quartel. ''Por que um aspirante?'', eu perguntei ao Jorge. Sabia que ele era invejado pelos colegas e que, por tabela, não gostavam de mim. Desconfiavam. Quando nos reencontramos foi inevitável. Tínhamos passado anos sem nos ver, desde pequenos, quando ele me disse, no mesmo dia em que o Bob pediu a minha mãe em casamento, que teria preferido ser menina, e a retomada no quartel, se por um lado circunstancial, foi também abrupta e intensa, mas muito rápida, e ele procurou esquecer o mais depressa possível, evitando o assunto sempre que ameaçava emergir nos meses seguintes, quando já não tínhamos mais nada. Quando surgiu o caso do psiquiatra louco, também já não falávamos de mais nada, era como se nada tivesse acontecido. E eu pensei no que podia estar querendo me dizer com aquela provação. O Jorge sempre dizia que ninguém o fodia (não dava para saber se em tom de lamento ou com orgulho). Agora que já não queria nada comigo, só me procurava bêbado (só bêbado ele era ele), e aí não fazia rodeios, dizia que queria dar.

Quando as coisas começam a acontecer, seja para o bem ou para o mal, é tudo de uma vez, eu tinha dito ao Bob na porta do centro cirúrgico, na noite em que tiraram o tumor da cabeça da minha mãe. Foi a primeira coisa que me ocorreu quando ele disse quem era e perguntou se me lembrava dele. E de fato, se não fosse o tumor na cabeça da minha mãe e, em decorrência genética, na minha, mudando a minha identidade, me transformando em outra pessoa ao mesmo tempo em que me fazia esquecer de quem eu era, ser o que ninguém podia ser, nunca teria ouvido aquele nome, Finkelstone, e tampouco notado algo de particularmente excepcional naquele repatriamento sanitário. O Jorge me chamou num canto do quartel e disse que desta vez seria diferente. Era um outro tipo de serviço. Eu não podia imaginar. Começava a me irritar toda aquela representação. Perguntei qual o problema. Ele disse que não havia nenhum. Mas que não haveria perguntas também. Um psiquiatra tinha enlouquecido no Chile. Desaparecera fazia nove anos, enfurnando-se numa fazenda ao pé dos Andes, entre os vulcões, ou talvez ao longo do campo de gelo, não sabia, ninguém sabia. Um acompanhante psiquiátrico (um estudante, como eu havia sido) viria comigo. Me espantei. Não pelo acompanhante mas por mim. Eu conhecia aquele tipo de trabalho. Justamente, disse o Jorge. Era um pesadelo. Por que um militar? Não era nem um pouco usual. E, depois, com que finalidade? Quis saber por quê. Ele disse que também não sabia e repetiu que eu não devia fazer perguntas. Perguntei de novo. Por que um aspirante? Devia haver alguma coisa para chamarem um militar. Por que eu tinha de ir? Por que logo eu, se tinha abandonado tudo aquilo? Ele se irritou. Disse que se eu não quisesse, arrumava outro. Eu não disse mais nada. Antes de nos despedirmos, ele me informou que, junto com a passagem e o dinheiro que seriam deixados num pacote na portaria do meu prédio, na véspera da viagem, haveria um dossiê sobre o psiquiatra, com alguns textos escritos por ele, seus casos clínicos ainda no Brasil, dez anos antes, para que eu pudesse ter uma idéia do sujeito (já que, de certa maneira, eu "conhecia o assunto" — achei que estava sendo sarcástico), e um envelope com o nome do homem que estaria me esperando no aeroporto de Santiago, mas nenhuma informação sobre o acompanhante que viajaria comigo, nada, nem se íamos no mesmo avião. E depois, para o meu espanto, me beijou na boca, o que não fazia havia meses, muito menos no quartel, e foi embora. Fiquei olhando para ele. Quando já estava quase no fim do corredor, parou, virou-se para mim e disse que tinha esquecido uma coisa importante: o psiquiatra, desaparecido por nove anos, tinha surgido da noite para o dia, do nada e sem razões aparentes, na cidade de Los Angeles, no Sul do Chile, no dia seguinte a um forte abalo sísmico em Los Angeles, Califórnia.

"Ninguém sabe por que foi parar lá. Ele também não diz nada. A única coisa que sabem é que apareceu em Los Angeles, no Sul do Chile, no dia seguinte ao terremoto em Los Angeles, Califórnia", disse. Não entendi a relação. Ele me olhou em silêncio, deu de ombros (achei que estava ainda mais cínico), perguntou quando eu ia convidá-lo para aparecer lá em casa e desapareceu.

O táxi estava me esperando na porta do prédio às cinco e meia em ponto. Tinha um plástico pela "anistia ampla, geral e irrestrita" no vidro traseiro. Foi difícil acordar. O neurologista tinha me dito que eu não sentiria dores de cabeça, porque o cérebro vai se acomodando. Só não queria sentir dor. Então devia ser só de tensão, concluí. E o sono, de sono mesmo. Não tinha por que me preocupar. Tudo não poderia ser mais normal, então. O sol nem tinha nascido. Imaginei que encontraria o acompanhante durante o embarque, que no balcão alguém se aproximaria de mim e se apresentaria, mas não havia ninguém. Embarquei sozinho, com uma maleta com uma muda de roupa e o frasco de Decadron. O avião não estava cheio. Era o vôo das sete da manhã. Era um sono horrível. Por que raios alguém tomaria aquele vôo se não fosse para chegar muito cedo a Santiago, tendo pela frente mais uma hora e meia de avião até Temuco e duas de carro até Los Angeles para fazer todo o caminho de volta no mesmo dia e ainda pegar o vôo de fim de tarde para o Rio? Olhei para todos os lados do saguão quando fizeram a primeira chamada. Passei pelo controle de passaportes sempre olhando para todos os lados, e assim continuei na sala de embarque entre uns dez gatos-pingados e, depois, dentro do avião, durante o vôo, se me levantava para ir ao banheiro ou fumar um cigarro lá atrás. O sol da manhã batia do lado direito, entrava pelas janelas. Uma senhora muito gorda, loura e com os cabelos curtos grudados na cabeça, refestelada em sua poltrona, com a cabeça encostada na janela e fones de ouvido nas orelhas, cantarolava um lamento desafinado, que era a sua tradução para a música que ouvia. Não havia nenhum acompanhante naquele avião. Por que não teria se apresentado se sua função era justamente acompanhar? Comecei a desconfiar de um rapaz com um terno cinza — o que me pareceu um sinal; eu também usava um paletó cinza quando era acompanhante, para passar despercebido, é uma tarefa que exige a maior discrição, e também para causar uma certa impressão nos loucos, impor algum respeito —, que lia um jornal sempre na mesma página havia quase uma hora. Não se mexia. Três executivos japoneses, com uma enorme pasta, como as que se usam para transportar projetos de arquitetura, pela qual os três zelavam com igual apreço, como se ali estivesse guardado o segredo do mundo, que lhes fora atribuído carregar, fumavam e discutiam no corredor. Estavam entre mim e o homem cinza com o jornal. Tinha que passar por eles para chegar até ele, e sem querer me apoiei na pasta para não cair quando o avião fez um movimento mais brusco. Os três começaram a gritar e acorreram, me empurrando para a frente. Quando me virei irritado, estavam falando todos ao mesmo tempo, nervosos, debruçados sobre a pasta, enquanto a examinavam para avaliar eventuais estragos, me ignorando. Deixei para lá. Me aproximei do rapaz. Hesitei em abordá-lo. E perguntar o quê? Se era o acompanhante? Se estava ali para me acompanhar na busca do psiquiatra louco pelo Sul do Chile? Toquei-lhe o ombro. O rapaz deu um pulo na poltrona. Estava dormindo com o jornal na sua frente. Sorri, sem graça. E ele me perguntou "Perdón?", irritado.

Comecei a ler os textos do psiquiatra no avião para não dormir. Tinha comprado um guia turístico do Sul do Chile no aeroporto. Logo na introdução, li que, "Em 22 de maio de 1960, aconteceu, com epicentro em Valdívia, o terremoto que liberou maior energia sísmica neste século; provocando, além disso, um violento maremoto através de todo o oceano Pacífico, até a Nova Zelândia e o Japão, e arrasando com a sua passagem todos os portos entre Temuco e Chiloé. A onda sísmica sacudiu o globo terrestre como se se tratasse de um sino. Suas badaladas lúgubres, registradas pelo geofísico Hugo Benioff em sensíveis sismógrafos previamente instalados na Califórnia e em Nova York, permitiram comprovar, por desvio das ondas sísmicas, a existência da 'Zona de Gutenberg' na camada superior da Terra. A Zona de Gutenberg é uma camada mais plástica e menos viscosa que as circundantes. Sua existência permite explicar a teoria do deslocamento das placas da crosta terrestre". Quase vinte anos depois, o psiquiatra tinha aparecido na pequena cidade de Los Angeles, a trezentos quilômetros de Valdívia, louco, após nove anos desaparecido, no dia seguinte a um forte abalo sísmico que sacudira Los Angeles, na Califórnia.

Abri o dossiê. Não havia muita coisa. Nascimento, formação etc. Nada de especial. De vez em quando eu ainda olhava para os lados, e para o homem com o terno cinza, que continuava com o jornal aberto na sua frente. Passei aos textos do psiquiatra. Entre os relatos de casos clínicos (curiosamente, todos tratavam de imposturas), dois me chamaram a atenção, menos por algum fato extraordinário que pela forma pouco profissional, pouco rigorosa do ponto de vista médico (não havia um juízo psiquiátrico mais apurado, e o diagnóstico mais parecia uma caricatura; eram como pequenas fábulas). O primeiro tinha "Eu" como título e tratava da história de um paciente a que o psiquiatra se referia pelas iniciais B. C., um diplomata brasileiro em Los Angeles, Califórnia. Também havia feito repatriamentos sanitários. Tudo havia começado no dia em que o diplomata recebera uma carta em seu nome dirigida a outra pessoa. Era a carta da ex-namorada de um homônimo, uma carta de amor endereçada a ele por engano. Havia uma reprodução da carta anexada ao texto do psiquiatra. Começava assim: "Só pode ser você!". A moça estava em Cuiabá e tinha perdido de vista o ex-namorado havia anos. Uma repórter local que fora entrevistá-la (a ex-namorada do homônimo era diretora do departamento cultural de uma empresa do governo) falou-lhe de um diplomata com quem tinha se encontrado em Brasília — agora estava em Los Angeles — e que, por coincidência, lhe falara dos mesmos livros que a diretora agora citava, a começar por Tolstói. A carta prosseguia: "Quando ela me falou seu nome, não tive dúvidas. Eu aqui, graças a Deus, também faço parte da minoria privilegiada de Tolstói: Amo aquilo por que trabalho e trabalho por aquilo que amo. Graças a Deus, sou muito respeitada. Cuiabá é uma cidade interessante, pronta para explodir, e carece de profissionais de todos os tipos. A vida é curta demais, não é? A única certeza que tenho do futuro é que morro frustrada por ter vivido tão pouco. Imagino que você vá receber esta carta um pouco surpreso. Mas sou assim mesmo. Faço o que me dá na telha.

Nada de guardar emoções. Podemos morrer amanhã. Mas não se preocupe em responder. Também não estou numa de esperar nada em troca. Escrevi porque quis''. E, por fim: ''PS.: Desculpe a letra, mas minha mão está doendo muito. Machuquei-a num jogo de vôlei''.

Outras cartas vieram, e não só da ex-namorada do homônimo. Quase um ano depois, o diplomata recebeu uma de Barra do Garças, Mato Grosso: ''Caro B. C., estou tentando contato com você já há algum tempo, desde que alguém me disse que você estava de diplomata em Los Angeles. Imagino que já esteja dominando a cidade dos anjos com essa força toda. Depois do colegial não tivemos mais muitas oportunidades de nos encontrar. A última, se me lembro, foi nos dez anos da turma. Diplomata! Quem diria! Estou morando nesta cidade meio a contragosto, vim transferido meio compulsoriamente, mas estou me adaptando. Minha mulher é que tem problemas. Estou refazendo nosso contato com um pouco de interesse: é que estou planejando umas férias de vinte dias por aí e gostaria de umas dicas (hotel barato, passeios, ingressos de shows etc.). O mais importante é o hotel, bem barato mas confortável, porque estamos sem muito dinheiro e não queremos te incomodar''. E depois: ''Não tinha certeza absoluta de que era você mesmo, mas quando liguei para o Itamaraty me disseram que era''.

Aos poucos, sem se dar conta, o diplomata passou a assumir não a personalidade do outro mas uma postura cética em relação a sua própria identidade. No final desse processo ''insidioso'', segundo o psiquiatra, já não acreditava mais em uma palavra do que dizia. Era como se tudo o que dissesse fosse a voz do outro. Como se seu nome fosse apenas um curinga, insuficiente para a construção de uma singularidade, nas palavras do psiquiatra, de uma identidade, já que servia a muitas, e a qualquer um. Era uma carta à disposição do mundo. O psiquiatra diz que o encontrou num estado deplorável em Los Angeles. Seu diagnóstico foi de "paranóia", e como me parecessem de todo inverossímeis, deixei de lado seus comentários subseqüentes sobre o caso, passando ao outro, igualmente ilustrativo, sempre segundo o psiquiatra, de um "estado paranóide desenvolvido".

Dessa vez, quando olhei para o lado, era o homem de cinza que me observava. Virei a cara. Voltei ao dossiê. O segundo caso dizia respeito a um homem preso por assassinato, à espera de julgamento. O laudo psiquiátrico era um trunfo da defesa, baseada no argumento da loucura. O sujeito tinha matado a sangue-frio, da forma mais calculista e premeditada, mas quando dava suas razões o caso ganhava aspectos patológicos incontornáveis, sempre segundo o psiquiatra. A mãe do réu, andando pelas ruas do centro de Petrópolis, onde passava o verão, tinha sido abordada por uma retirante analfabeta pedindo uma informação. A moça lhe dissera que tinha acabado de chegar do Norte, chamada para trabalhar na casa de uma família, e mostrou um pedaço de papel. Era o endereço. A mãe do réu disse à retirante que aquela rua não existia — nunca tinha ouvido falar daquela rua. Diante dessa informação, a mulher, que trazia uma sacola a tiracolo, começou a chorar, disse que tinha sido enganada, roubada por um homem que encontrara no ônibus, não tinha um tostão e, depois que a mãe do réu, de início perplexa, curvou-se sobre ela tentando consolá-la, a mulher enxugou as lágrimas e tirou do bolso da saia um bilhete de loteria. Disse que era premiado — a única coisa que lhe sobrara — mas não podia retirar o dinheiro, porque não tinha carteira de identidade, que tinha sido roubada com o dinheiro. Nesse instante, um homem, um transeunte qualquer, aproximou-se, interessado, como quem quer ajudar, e a retirante lhe repetiu a história. O homem disse que não tinha problema; ele podia receber o dinheiro para ela. Foi quando a mãe do réu, que até então observava, retrucou: "Não, senhor, sou eu que vou receber o dinheiro para ela''. Desconfiou do homem, com razão. A retirante, assustada, colocou o bilhete de volta no bolso, e disse que já tinha sido enganada uma vez, não haveria outra, mostrando-se desconfiada da intenção de ambos. A mãe do réu, tomada de compaixão pela mulher ignorante, tentou convencê-la de suas boas intenções. Aí começou o delírio, que a mãe contou depois ao réu, aos prantos, ainda perplexa com sua cegueira e inconseqüência (mais que otária, tinha sido ilógica, o que de certa forma tocou o ponto nodal da psique do filho, despertando-lhe a loucura, segundo os comentários do psiquiatra). A retirante disse que queria uma prova de que não seria roubada, de que a mãe do réu, que dizia estar querendo ajudá-la, não precisava daquele dinheiro. Foi a própria mãe do réu, compungida com a história daquela mulher, que se ofereceu para mostrar-lhe, como garantia, o que tinha no cofre do banco, só que estava no Rio de Janeiro. ''Não tem problema, estou de carro. Se é assim, vamos no meu carro'', disse o homem. E os três desceram até o Rio no carro dele, foram até o banco, de onde a mãe do réu saiu com tudo o que tinha guardado, durante anos, só para convencer a retirante de sua honestidade. Foram sozinhas a um restaurante (a mãe do réu preferiu assim, enquanto o homem esperava no carro) e, depois de ver as jóias e os dólares, a retirante, aparentemente convencida, pediu à outra que guardasse o bilhete de loteria enquanto ia ao banheiro. Ao final de vinte minutos de espera, diante de uma garrafa d'água vazia, a mãe do réu se rendeu às evidências, abriu a bolsa e viu que nem as jóias nem os dólares estavam mais lá. Saiu desesperada pela rua, com o bilhete de loteria na mão. Mas o carro também não estava mais onde tinham estacionado. Fora vítima de um embuste. Nesse momento sua consciência aflorou com uma intensidade concentrada, como se tivesse passado as últimas horas adormecida, sonâmbula, e a noção do perigo, daquilo a que tinha se exposto, de sua irresponsabilidade e vulnerabilidade, a fulminou. Colocou as mãos no rosto, de vergonha, aterrada com sua própria incompreensão das coisas — não entendia o que podia ter lhe passado pela cabeça para ser uma presa tão fácil (ilógica!, ilógica!, anotara o psiquiatra), talvez fosse o início do fim e estivesse perdendo o controle, o entendimento das coisas — e foi se agachando até se sentar na calçada. Um rapaz que passava perguntou se precisava de ajuda e ela pediu, por favor, que a deixassem em paz. Quando teve coragem para contar ao filho, somente seis meses depois, porque aquela história não fazia sentido, era inverossímil, ele teve uma crise de raiva, gritou com ela, chamou-a de burra, de idiota (mas não de ilógica, porque de alguma forma o seu inconsciente já tinha entrado em comunicação com o dela, já se reconheciam, dizia o psiquiatra), sua raiva não era contra ela, era contra a impotência, uma revolta sem alvo, despertada pelo sentimento da perda e do engano, como se tivesse sido ele a vítima do embuste. Já estava surtando naquela época. A história, segundo o psiquiatra, teria sido apenas a gota d'água. No dia seguinte, comprou um revólver e voltou à cena do crime, em Petrópolis. Por dois anos, dormindo num hotel barato, passou os dias, fazendo ponto no mesmo lugar, à espera de alguém que lhe pedisse uma informação. Quando finalmente uma mendicante se aproximou, dizendo-se analfabeta e procurando um endereço com um papelzinho na mão, ele não teve dúvidas: acertou-lhe um tiro no meio da cara.

O comandante anunciou que estávamos sobrevoando a cordilheira. O homem cinza ainda estava olhando para mim, mas fingiu que não, escondendo-se dentro do jornal, quando olhei para ele. Peguei minha bagagem de mão (na verdade, tudo o que tinha trazido) e a coloquei debaixo da poltrona. Queria ser o primeiro a sair do avião, antes do acompanhante, que podia ser qualquer um dos passageiros, qualquer um, o que era uma loucura, eu achei. Um homem estaria me esperando no aeroporto com o meu nome marcado num papel. Eu já tinha o dele, Cardozo. No caso de um eventual desencontro, pediria para chamá-lo pelos alto-falantes. Em dez minutos, já tínhamos aterrissado. Desci do avião às pressas, correndo pela alfândega e o controle de passaportes. Quando dei por fim no saguão do aeroporto, não havia praticamente uma alma viva, apenas dois homens. Um deles, diante de mim, segurava um papel com o meu nome. Era o Cardozo. O outro, mais ao fundo, um sujeito alto, esquálido e muito branco, era o acompanhante. Tinha vindo antes, na véspera. O que segurava o papel se aproximou depois de me encarar, e eu o encarando também, imóvel, perplexo, sem ação. Disse meu nome e eu assenti. Não chegou a me cumprimentar. "Vamos por aqui", disse, me mostrando o caminho com o braço estendido e a palma da mão virada para cima. Esbocei um sorriso e segui na direção do homem esquálido, que era para onde o Cardozo apontava. Dessa vez, tomei a iniciativa, estendi a mão e disse o meu nome, esperando ouvir o dele, mas não emitiu uma palavra, apenas correspondeu ao meu gesto, apertando-me a mão, mas sem abrir a boca e também sem qualquer expressão no rosto. "Vamos", disse o Cardozo, tentando pegar minha mala de mão. "Não, pode deixar, eu mesmo carrego", retruquei, segurando-a pela alça. O Cardozo tirou uma passagem do bolso do paletó: "Aqui está a sua. Temos que nos apressar. Se não, perdemos o vôo. Já estão fazendo o embarque". Atravessamos o saguão correndo, eu e o Cardozo. O acompanhante vinha atrás, a passos largos, mas sem correr. Aproveitei para perguntar ao Cardozo, tentando criar algum tipo de cumplicidade — não era fácil o que tínhamos pela frente, eu imaginei, e seria melhor estar entre amigos —, o que tinha o acompanhante. "Ele não está aqui para conversar", respondeu. Chegamos à porta da sala de embarque. Olhei para trás. O homem esguio e branco se aproximava, com os olhos fixos em mim e o mesmo vazio no rosto. Ainda tive tempo. Virei para o Cardozo: "Então, para que ele veio?". Achei que estava sendo engraçado. Recebi um olhar fulminante — diria odiento, mas talvez estivesse imaginando coisas; também não sabia por que eu estava ali — e um silêncio sepulcral, que durou para mim uma eternidade, enquanto atravessávamos a pista até o pequeno avião inglês, até estarmos acomodados, eu e o Cardozo em poltronas contíguas, na área de não-fumantes, e o acompanhante lá atrás, sozinho, com um cigarro nos lábios, sempre impassível, até decolarmos. "Reservei os lugares do lado esquerdo para você poder acompanhar a cordilheira até Temuco", disse o Cardozo, para minha surpresa, quando já não esperava mais nenhuma manifestação amistosa ou de simpatia. "Quando ainda era estudante de medicina, especialista em lepra, Che Guevara passou por Temuco na viagem que fez de moto pela América do Sul, em 1952", disse, pensativo, achando que aquela informação pudesse me interessar. "Vai estar frio lá?", perguntei, tentando dar continuidade à sua iniciativa e olhando para os picos nevados. "Não", respondeu, seco, abrindo um jornal — e não falou mais até pousarmos no aeroporto de Temuco.

Conforme descíamos, íamos sobrevoando campos e fazendas, os mesmos que teríamos que atravessar a caminho de Los Angeles, que ficava a duzentos quilômetros ao norte pela Panamericana, eu tinha lido no guia, o mesmo com a introdução sobre os terremotos. No aeroporto, um carro já nos esperava. Achei estranho o Cardozo me perguntar se me incomodava que ele dirigisse. Não se pode dizer que até então tivesse se preocupado com os meus desejos ou vontades.

Balancei a cabeça. Como falavam pouco, eu também já estava perdendo a prática. O acompanhante nos acompanhava, sempre um pouco mais atrás e em silêncio. Causava um peso indescritível a todas as coisas, só pela sua presença. Mesmo andar tornava-se um esforço sob aquele olhar, aquela sombra que apenas observava, sem uma palavra, os menores gestos e expressões. Já vinha me sentindo assim desde Santiago, mas no carro para Los Angeles fiquei ainda pior, porque, indo na frente, ao lado do Cardozo, tinha a impressão de que o acompanhante, no banco de trás, não desgrudava os olhos da minha nuca. De vez em quando, eu olhava para trás de soslaio, fingindo que acompanhava a paisagem, que podia ser o vulcão Llaima ao longe ou só uma vaquinha, qualquer coisa era desculpa para virar-me para o acompanhante e tentar inverter o controle de olhares, quem controlava quem. Continuava sem falar. Na verdade, a partir de um determinado momento na estrada — para ser mais preciso quando fomos parados por excesso de velocidade e, antes mesmo que o guarda, que tinha nos perseguido e fechado com seu jipe, pudesse abrir a boca, o acompanhante tirou um documento do bolso, mostrando-o pela minha janela ao *carabinero*, que na mesma hora bateu-lhe continência, desconcertado e se desculpando, como se estivesse diante de um general — comecei a achar que não só não falava como não ouvia o que lhe diziam (não podia ouvir; que fosse surdo-mudo), e a iniciativa de mostrar o documento talvez tivesse sido apenas uma forma de evitar algum tipo de constrangimento (que fosse obrigado a dizer alguma coisa, a responder a uma pergunta que não teria ouvido). Quando arrancamos, deixando o guarda arrasado no acostamento (o que eu continuava sem entender, já que não vira o que o acompanhante tinha apresentado como documento), sem virar-me para ele, disse "Que eficiência!" (já estava cheio, tanto fazia que ele percebesse a ironia da exclamação). Queria testá-lo. Mas não houve reação. Não se mexeu (agora eu o via pelo retrovisor lateral, do meu lado, em que mexi enquanto o guarda batia continência, sem que o Cardozo notasse, nem o acompanhante, enquadrando-o e submetendo-o ao meu campo de visão). Continuava impávido, olhando para a frente, e não para a minha nuca, como eu havia pensado. Resolvi xingá-lo. Na verdade, demorei para juntar as forças e a coragem. Calculei tudo. Comecei a tremer só de pensar. Em último caso, diria que estava falando comigo mesmo, pensando em alguém que eles não conheciam. Estávamos nos aproximando de uma ponte e não sei por que achei que tinha que ser ali. Tomei fôlego e disse: "Filho da puta!", como um louco, do nada (o neurologista tinha me avisado que, naquele processo lento e imperceptível, tudo era possível em termos de comportamento). Falei, sempre com os olhos no retrovisor lateral à espera de sua reação. Não se alterou. Não se mexeu. Nem um milímetro. Só o Cardozo virou-se para mim com uma expressão de espanto e ódio que parecia denotar o fato de ter se sentido, no fundo, o alvo da injúria, já que o outro não podia ouvir, era surdo-mudo, foi o que pensei de saída. Virei para ele e sorri. Seus olhos pareciam querer sair de órbita. Eu lhe disse: "Cuidado com a estrada", e ele quase jogou o carro no acostamento, de susto, ao olhar de novo para a frente e se deparar com um enorme caminhão já em cima da gente, que vinha pela outra pista em alta velocidade sem que ele tivesse notado. Sorri de novo. Mas depois me ocorreu uma coisa em que não tinha pensado. E se tudo aquilo fosse uma representação justamente para que eu pensasse que o acompanhante era surdo-mudo, e assim falasse sem comedimento? E se tudo não passasse de uma estratégia de observação e controle do mundo — e de mim em particular? Era verdade que ele não precisava falar para controlar o que se passava a sua volta. O exemplo do *carabinero* era mais do que evidente. Não precisou dizer uma palavra. Talvez quisesse me levar a pensar que eu o controlava (porque era eu o militar), quando na realidade era ele, o tempo inteiro, de dentro do seu silêncio sepulcral. Aquele pensamento me tirou o sorriso dos lábios. Era como se tivessem me puxado o tapete. Me senti um trouxa. Olhei para o acompanhante pelo retrovisor lateral. Tentei deduzir algum sinal, perceber alguma coisa que o traísse, que me revelasse o seu jogo. Continuava impávido. Quase uma hora mais tarde, olhei de novo pelo retrovisor e qual não foi a minha surpresa ao descobrir que, dessa vez (e sabe-se lá já havia quanto tempo), era ele que me observava.

Quando chegamos a Los Angeles, um vento terrível varreu a cidade. O Cardozo balbuciou: "Vento dos infernos". O céu, completamente azul até então, turvou-se com uma espécie de nuvem de poeira. As ruas estavam tomadas por crianças com uniformes, paletós azul-marinho, que saíam das escolas, de todas as portas, por todos os lados, e entravam em todos os carros, ônibus, táxis, crianças que corriam, riam, protegiam os olhos da poeira, seguravam as saias e os cabelos que voavam com a ventania. Chegamos às duas em ponto, com a saída das escolas e os pais segurando os filhos pelas mãos e correndo pelas ruas. Passamos por casas baixas de madeira à entrada da cidade em direção ao centro. Tal como uma cidade de faroeste. O Cardozo fechou o vidro por causa do vento e da terra que levantava. Paramos num sinal. O mundo do lado de fora parecia estar sendo tragado por um redemoinho. De repente, uma menina bateu com as palmas das mãos na janela do Cardozo, como se tivesse sido jogada ali pelo vento, e amassou o rosto de perfil contra o vidro. O Cardozo se assustou com o impacto e deu um pulo no assento. "Pestinha!" Logo atrás, um grupo de meninos e meninas, todos com os mesmos uniformes, morriam de rir. A menina descolou o rosto da janela, nos fez uma careta e se afastou saltitante, com os cabelos pelos ares, segurando a saia na frente e atrás. Não falávamos nada dentro do carro. Seguimos para a plaza de Armas, onde o psiquiatra devia estar nos esperando, cercado por dois seguranças, um psiquiatra local e o vice-cônsul brasileiro em Santiago, que tinha voado para lá logo que o encontraram, com o objetivo de resolver todos os "trâmites legais e burocráticos". Não fora de grande auxílio — era o que eu descobriria no embarque em Santiago de volta para o Rio de Janeiro. Foi ele quem o colocou num quarto daquele hotel numa esquina da plaza de Armas, aquele hotel infecto de dois andares, uma construção quadrada e branca, como havia descrito ao Cardozo, que procurávamos no meio da ventania, com o endereço nas mãos, e quem nos entregou o passaporte novinho em folha do psiquiatra, dizendo "Isto aqui vale ouro". Conforme nos aproximávamos, comecei a ficar mais nervoso, com um frio no estômago e os lábios secos. "Preciso beber alguma coisa", eu disse, "não vou agüentar." "Mais tarde", retrucou o Cardozo. Pela primeira vez, percebi que ele estava nervoso também. Na realidade, estava muito tenso. Não descolava os olhos do que tinha na sua frente, e não era muita coisa, só o vento, a poeira e as crianças de um lado para o outro. Era verdade que, dentro daquela nuvem de terra, qualquer descuido seria suficiente para atropelar alguém. Só via as pessoas que atravessavam a rua quando já estávamos em cima delas, o que acarretava alguns trancos e freadas súbitas, para o descontentamento do acompanhante que, embora nem chegasse a resmungar, tinha adquirido pela primeira vez uma expressão claramente desagradável. Quando chegamos à praça, o vento parou de repente e com ele desapareceram as crianças das ruas e a cidade ficou deserta. De repente, não havia mais ninguém. Paramos o carro em frente ao hotel. Só quando pisei na calçada é que percebi que minhas pernas tremiam. Sorri, como uma espécie de disfarce, para o acompanhante, que me encarava. Era a última coisa que eu desejava, que visse o meu nervosismo, para mim inexplicável, já que não era a primeira vez, devia estar mais que tarimbado. Caminhamos até o lobby. O vice-cônsul, um homem gordinho e obsequioso, nos esperava aflito, com as mãos suadas e frias com que nos cumprimentou entrelaçadas sobre a barriga. ''Ele está lá em cima, no quarto'', disse, apontando para o teto. ''Houve algum comportamento mais alterado ou violento?'', perguntei, como se entendesse de alguma coisa, fosse eu o acompanhante psiquiátrico, tomando a dianteira e a situação em minhas mãos. ''Não'', respondeu o vice-cônsul, ''chegou muito tranqüilo, e assim ficou. Apareceu há três dias na cidade. Ninguém conseguiu descobrir de onde veio, onde passou os últimos nove anos. Na verdade, chegou à cidade como um zumbi. Veio andando. Pegou algumas caronas também, pelo que pude entender. Deve ter caminhado bastante. Algumas pessoas disseram que lhes fez perguntas estranhas na rua: queria saber quantas casas tinham sido destruídas; se tinha havido vítimas, e onde estavam os desabrigados. Foi assim que chegou ao padre, que por sua vez alertou a polícia e esta, em seguida, se comunicou conosco, em Santiago. Segundo o padre, ele parou de falar assim que a polícia chegou, para vigiá-lo e também como previdência, no caso de ter uma crise, a pedido do padre'', disse. ''Ninguém chamou um psiquiatra?'', perguntei, fazendo-me de revoltado, quando na realidade continuava inexplicavelmente com aquele nervosismo agudo, e talvez justo para tentar subjugá-lo com um sentimento mais forte, como a indignação. ''Lógico que sim'', disse o vice-cônsul, sempre com as mãos entrelaçadas. ''Mas também não abriu a boca para ele. Não precisou ser sedado. Quem sou eu para definir seu estado atual, que nem médico sou, mas diria que ele se acha em estado de choque. É como se estivesse dormindo acordado, sonâmbulo. Está extremamente confuso. Ficou assim desde que percebeu que não estava onde pensava." "Como assim?", perguntei. "As perguntas que fez pelas ruas ao chegar, e que o levaram ao padre, ele as fez em inglês. É... em inglês", repetiu diante do meu espanto. "Pensava que estivesse em Los Angeles. Los Angeles, Califórnia", reafirmou o vice-cônsul, notando a minha perplexidade. "Chegou aqui um dia depois do abalo sísmico em Los Angeles. Deve ter sabido do terremoto e voltou para o mundo. Apareceu, pela primeira vez, depois de nove anos. Achava que estava em Los Angeles. E não foi apenas pelas perguntas que deduzimos isso. Não. Ele conversou com o padre. Disse coisas estranhas. Quando o padre lhe disse que não, que estava no Chile, ele se saiu com o seguinte", disse o vice-cônsul, tirando um papel rabiscado do bolso e lendo: "O Chile para mim não é nada. Vim para cá porque ele não existe", e olhou para a minha cara. A frase me fez lembrar o que tinha lido no guia: "Além disso, a atividade dos vulcões, a cordilheira e os terremotos mostram que o Chile é ainda um território em formação". O vice-cônsul prosseguiu: "Disse ao padre que veio parar no Chile, porque aqui, quando acordava, nunca sabia onde estava. O mar estava do lado errado. Disse que o Chile é um lugar fora do lugar, espremido entre acidentes geográficos, o fim do mundo, o ponto mais extremo, onde tudo acaba. É óbvio que o padre não ficou feliz com tanta indelicadeza. Veja por si mesmo", disse o vice-cônsul, entregando-me o papelzinho rabiscado. "E, cá entre nós, é claro que há uma ponta de verdade nisso tudo", acrescentou, aproximando-se do meu ouvido e dando uma estranha risadinha. Enquanto ele falava e eu pensava no psiquiatra, curioso pelo que poderia tê-lo levado a reaparecer de repente, por que um terremoto em Los Angeles, Califórnia, a milhares de quilômetros, o teria trazido de volta ao mundo dos homens, louco, me veio a idéia, agora já tentando seguir a lógica do próprio psiquiatra mas ainda sem entender bem por quê, do Chile de fato como um lugar desnorteante, por sua própria configuração e disposição física, a representação geográfica da demência. Tinha me esquecido do Cardozo e do acompanhante enquanto ouvia o vice-cônsul e, quando me voltei, já não estavam mais ao meu lado. "Onde estão os outros? Os que vieram comigo?", perguntei ao vice-cônsul. "Subiram para o quarto", disse. Me senti enganado, que toda aquela conversa tinha de certa forma me hipnotizado ali embaixo, enquanto os outros se adiantavam para o lado do louco. "Mas era eu que devia estar lá", pensei, achei que tinha apenas pensado, mas devo ter falado, porque o vice-cônsul rebateu: "Justamente. Você tinha que estar lá para ouvir o que ele disse. Não inventei nada. Nada mesmo". Subi correndo até o segundo andar. Saí feito um desvairado, e já estava pronto para bater de porta em porta, ou abri-las simplesmente ao acaso, quando o vice-cônsul gritou pelo vão da escada: "Quarto 15".

Quando abri a porta, as janelas estavam todas fechadas e o ambiente era sombrio. A luz entrava por frestas. O psiquiatra louco, apenas um vulto, estava sentado numa cadeira ao fundo, entre dois outros, de pé, os dois seguranças, logo imaginei, enquanto um terceiro permanecia sentado na beirada da cama, com a cabeça caída entre as mãos e os cotovelos apoiados nas coxas. Deduzi que era o psiquiatra local. Estava de branco. Além deles, notei de repente ao meu lado, logo na entrada, como se tivessem ficado comprimidos contra a parede, o Cardozo e o acompanhante, que pareciam não ter sido notados e estar igualmente petrificados diante da cena. Quando entrei, apenas os dois seguranças se mexeram, olhando na minha direção. Após alguns segundos, o psiquiatra local levantou a cabeça e disse: "Ah!". Depois, pegou sua maleta, que tinha colocado no chão, ao lado da cama, e se aproximou de mim (Por que de mim? Não viu o acompanhante?). "Aqui está um pequeno relatório sobre o quadro do paciente. Não achei necessário prescrever nada. Quando cheguei já estava nessa espécie de ausência." E, em seguida, curvando-se e falando mais baixo, disse: "Na verdade, não sei por que me chamaram. Fizeram de tudo para que lhe aplicasse um sedativo. Queriam que dormisse. Não sei para quê. É como se já estivesse dormindo, como se o sono fosse seu estado de vigília. Foi bom vocês chegarem. Acho que já posso ir. Estou aqui, de plantão, desde ontem pela manhã. E nada acontece. Não agüento mais". Saiu. O Cardozo fez-lhe um gesto com a cabeça e saiu atrás. Aproximei-me lentamente do paciente. Não podia deixá-lo perceber o terror que me corria nas veias, e que tinha crescido conforme me aproximara dele, já na estrada, entre Temuco e Los Angeles, cada vez mais forte, e depois ao entrarmos na cidade com a ventania, que por um momento me pareceu um sinal, e ao avistar o hotel infecto numa esquina da plaza de Armas. Ele não se mexia, e se não fosse por um certo brilho nos olhos, quando cheguei bem perto, poderia garantir que tinha passado por uma lobotomia. Na verdade, parei quando senti aquele olhar, que era para mim, só podia ser para mim, um olhar com uma tal expressividade, estranha, indefinida, que impossibilitava qualquer reconhecimento. Achei que tinha percebido o meu temor, e nada podia ser pior do que isso num repatriamento sanitário, todo mundo sabe — ele próprio devia saber muito bem. De fato, tive a nítida sensação de que tinha percebido tudo, mas em vez de fazer disso um instrumento de poder, que me aniquilasse ali diante de todos, do Cardozo, que tinha acabado de voltar, esgueirando-se pela porta entreaberta, e do acompanhante que, não sei por quê, não se aproximava, em vez de usar o reconhecimento do meu nervosismo contra a minha autoridade, baixou os olhos como que se resignando ao exame. A minha farda de aspirante o perturbava. Perguntei-lhe: "Como você está se sentindo?". Ele levantou os olhos e sorriu pela primeira vez. A pergunta não podia ter sido mais imbecil. Senti que era o que me dizia em seu silêncio, com aquele sorriso condescendente. "Você não quer falar nada?" Baixou de novo os olhos. Outra pergunta inútil. A resposta já estava dada. Senti que por um momento tivera alguma esperança em mim, de alguma forma, algum tipo de esperança, não sei, e agora se rendia à evidência da decepção. Tinha se enganado. Senti que eu precisava fazer jus à sua palavra e perguntei o que me pareceu mais natural, e não tinha nada a ver com seu eventual estado patológico mas com uma curiosidade não só minha, pessoal, eu imaginei, mas de todos os outros ali, uma curiosidade urgente, perguntei: "O que você veio fazer em Los Angeles?". E, de repente, ele levantou os olhos, dessa vez com uma outra expressão, pego de surpresa, como se fosse a primeira vez que ouvisse a pergunta, como se tivesse lhe ocorrido algo súbito, alguma coisa que não tinha passado por sua cabeça até então, uma idéia brilhante. Mas também não disse nada. E ficou assim até o Cardozo me puxar no canto e dizer que tinha chegado o momento de levá-lo embora e me lembrar de que era para isso que eu tinha sido chamado. Era o momento mais delicado. "Não seria melhor sedá-lo?", perguntou. Achei pela segunda vez que o Cardozo estava extremamente tenso — e amedrontado diante da figura do psiquiatra louco. Temia uma reação. Não houve nenhuma. O psiquiatra foi escoltado pelos dois seguranças até o carro. Mas não foi preciso que o segurassem. Ia sozinho, obedecia a todas as ordens.

Foi só então que comecei a me dar conta de que aquele nervosismo todo quem me passava na verdade era o Cardozo, e o acompanhante. Por alguma razão que eu não compreendia, pareciam temer o psiquiatra como uma bomba prestes a explodir. Porque também não tinham coragem de tocá-lo. Acompanhavam-no à distância, num passo tenso e alerta, que podia servir tanto à preparação de um bote como de uma fuga. A figura do psiquiatra louco os acuava. Não eram de falar muito — especialmente o acompanhante, cuja voz eu nem sequer tinha ouvido desde que o encontrara —, mas ali, e isso mais ainda com relação ao Cardozo, cuja voz fanha eu conhecia muito bem, o silêncio dos dois tinha adquirido um caráter mais expressivo, revelando um misto de terror e desconfiança que os deixava com os nervos à flor da pele, prontos para o ataque, como animais encurralados. Talvez fosse a loucura que os pusesse daquele jeito, o confronto com o descontrole e o desconhecido, e com aquela contradição ambulante, um psiquiatra louco, não podia haver maior insinuação do mal (para eles, e também para mim, mas de uma outra forma), maior evidência de que, por maiores que fossem os esforços, no fundo nada estava sob controle. Não era o mesmo pavor da loucura da minha infância. Ao contrário da minha estratégia de aproximação dissimulada (como estudante de medicina, de que abri mão quando percebi que não teria tempo), estavam prontos a matar e morrer para evitar a qualquer preço a infiltração do mal no mundo que construíam pela força (e que talvez só existisse em suas cabeças), a destruir tudo o que entrasse em contradição com o mundo onde pensavam viver. Na escada, quando o psiquiatra levantou a mão pela primeira vez, para apoiar-se no corrimão (tinha uma aparência suja, com a barba por fazer, e de exaustão, como se estivesse havia dias sem comer), o primeiro gesto mais abrupto desde que tínhamos chegado, e ainda assim bastante suave dentro de padrões normais de comportamento, tanto o Cardozo como o acompanhante tiveram reflexos imediatos, ambos dando um passo atrás e buscando, ao que me pareceu, armas dentro dos paletós, para se defenderem. Olhei para os dois e sorri. Era o meu momento de glória. Tendo percebido a fonte da minha insegurança na companhia de ambos, e visto agora o paciente, aparentemente inofensivo, me sentia bem mais tranqüilo e confortável. A perspectiva do retorno, sem os seguranças, que até então tinham assumido as rédeas (aliás, a meu ver uma precaução exagerada, que eu não podia entender), parecia desnortear os dois.

O vice-cônsul nos esperava na calçada, ao lado do nosso carro, com a porta de trás já aberta. Pediu que não nos preocupássemos; iria mais tarde, depois de resolver todas as questões práticas, o pagamento do hotel e a "contribuição à igreja". Achei que não tinha entendido direito, mas também não quis perguntar. Todos estavam já bastante tensos; podia ter ouvido errado. Uma contribuição à igreja e ao padre que, de certa forma, localizou o psiquiatra e informou as autoridades. Por que não? Afinal, tinha prestado um serviço e aquele era um país católico. Quando pensei em entrar atrás, ao lado do psiquiatra, que já tinha sido acomodado, o acompanhante, pela primeira vez e sempre sem abrir a boca, me obstruiu o caminho e adiantou-se no meu lugar, apontando-me ao mesmo tempo o banco da frente. Como acompanhante médico era ele que devia ir atrás, ao lado do paciente. Eram as regras. Fiquei irritado, mas não podia discutir. Não era hora. Sentei-me ao lado do Cardozo, na frente. O vice-cônsul bateu a minha porta com um sorriso nos lábios e acenou para nós, ao lado dos dois seguranças, quando nos afastamos. Pouco antes de perdê-los de vista, logo antes de virarmos a esquina rumo à estrada, olhei de novo para trás. O vice-cônsul tinha perdido o sorriso (já não acenava), e os três agora discutiam, gesticulando acaloradamente entre si.

Tive mais tempo de ver por onde passávamos na volta. O mesmo caminho, só que sem a apreensão da ida, que tinha me impedido de notar o que quer que fosse ao meu redor. Agora, estava mais tranqüilo. Achava que nada mais podia acontecer. Havia menos caminhões. Atravessávamos os campos de fazendas e o céu estava de novo completamente azul. Coloquei a mão no bolso e tirei o papelzinho rabiscado que o vice-cônsul havia me entregado no lobby do hotel. Li o que deviam ser algumas das coisas que o psiquiatra dissera ao padre ao ser achado, perdido e louco, ao saber que estava em Los Angeles, Chile: "É isso que vocês chamam de Chile? Onde tudo está à beira do abismo? Tudo está à beira do nada. Tudo é sempre quase o fim do mundo. Me diga uma coisa: como é que se pode descrever um lugar desses?". Olhei para as montanhas ao longe e para os campos. Seguíamos pela Panamericana. A estrada acompanhava o relevo suave, entrecortado por rios tortuosos e de águas claras e pontilhado por bosques de pinheiros. Estávamos esmagados entre a cordilheira e o mar, que não víamos, a um passo do que não víamos (e sem perceber que estávamos esmagados — a claustrofobia era dissimulada pela vastidão das pradarias amarelas e verdes), seguindo pelo indefinido daquela auto-estrada, como qualquer outra, em qualquer lugar, intercambiante, desnorteante, que levava ao mais extremo Sul quando na realidade nosso destino final era o Norte, eu pensava. No meio daquelas frases sobre a geografia, em que eu me embrenhava e que denotavam a sua loucura (tinha se manifestado de uma forma geográfica), havia uma que simplesmente ignorei, talvez por não ter nada a ver com as outras. Falava de uma pedra no coração, como se fala de pedras nos rins ou na vesícula. Mas só iria entender o significado, e perceber que tinha me enganado, que tudo era aparência, quando já fosse muito tarde para valer a pena e a dor de cabeça tivesse chegado a um ponto em que só me restaria fechar os olhos para todas as outras coisas e dormir. Olhei para trás. Ele não se mexia, nem os olhos, nada. Me perguntei o que tinha de louco. Estava sendo repatriado como um prisioneiro. Naquele olhar imóvel alguma coisa atraía a minha curiosidade. Já tinha sido despertada logo que o vi no quarto do hotel infecto, aquela construção quadrada de dois andares em Los Angeles, Chile. Não era um olhar vazio, sedado, ao contrário, havia nele uma combinação de tristeza, resignação e desprezo. Mas também não havia ódio. Foi só quando percebeu o Llaima, que surgiu distante, à nossa esquerda, após uma curva e uma ligeira subida, que o psiquiatra mexeu pela primeira vez a cabeça, atraído pela imponência misteriosa daquele pico nevado, que se erguia de repente do nada, introduzindo na aparente calma da paisagem um elemento assustador, como um sinal do que podia haver sob a superfície das coisas. Me lembrei do que tinha lido no guia: "A placa submarina de Nazca, que penetra sob a crosta continental, se incrusta no manto e começa a derreter-se. O material candente emerge pelas fissuras da crosta e produz a cadeia de vulcões. Quando as placas se roçam produzem tensões que, ao se liberar, resultam em movimentos sísmicos. Os tremores e terremotos são, assim, ajustes das tensões produzidas pela pressão entre as placas. Quando há um terremoto é comum que os vulcões entrem em erupção. Eles formam uma cadeia linear, paralela à linha de choque entre a placa de Nazca e o continente sul-americano. Essa cadeia vulcânica forma parte do amplo arco de choque entre placas, chamado de 'cinturão de fogo do Pacífico' e que se estende ao largo de todo o continente norte e sul-americano". Ele fitou o vulcão. Deve ter passado por ali para chegar a Los Angeles. O Cardozo e o acompanhante continuavam calados. Volta e meia ele fitava de novo o vulcão, que se aproximava, ganhava magnitude, conforme também nos aproximávamos de Temuco, e depois também o Villarrica, logo que apareceu ao longe, que soltava baforadas de uma fumaça escura no céu anil; chegou a virar-se para trás para não perdê-lo de vista quando saímos da Panamericana, tomando aquela estrada estreita, já no caminho tortuoso do aeroporto, que nos afastava. Não havia volta. E nessa hora, enquanto o vulcão soltava suas baforadas, percebi — como quando o Bob subiu as escadas do hospital atrás de mim — a respiração forte, profunda, do psiquiatra que, na minha cabeça, parecia servir de música para a coreografia da fumaça negra que subia em pequenos intervalos do pico nevado para se dissipar dentro do azul — ouvia como se eu estivesse dentro do seu corpo e do seu cérebro, e ele tivesse tapado os ouvidos, comigo lá dentro, enquanto olhava para trás, para ouvir melhor a própria respiração; como se o vulcão respirasse e o psiquiatra louco fosse agora toda a terra, nos afastávamos dos seus pulmões de enxofre.

O Cardozo fez o embarque, apresentando os quatro bilhetes no balcão da companhia. Era um vôo doméstico, o que tornava tudo mais fácil, pelo menos do ponto de vista dele e do acompanhante. Agiam como se eu fosse o único a desconhecer a razão daquilo tudo. Um terço do pequeno aeroporto de Temuco falava alemão e mesmo alguns chilenos, como a mulher do bar onde fui obrigado a tomar um café horroroso devido ao atraso do avião (não sabia mais o que fazer com aquela espera), respondiam "ja" quando queriam dizer "sí". Ao voltar à sala de embarque, encontrei o psiquiatra sentado numa poltrona, entre o Cardozo e o acompanhante, que dormiam cada um com a cabeça caída para um lado. O psiquiatra me encarou. Pensei em rir mas não tive coragem. Não me pareceu assim tão cúmplice — no fundo ainda me atemorizava a idéia de uma cumplicidade com o louco. Estava sério, impassível. Achei de bom-tom perguntar-lhe se queria um café, como se tudo fosse perfeitamente normal. O Cardozo e o acompanhante abriram os olhos nesse instante, ao mesmo tempo, nervosos, tentando disfarçar que tinham dormido. Na mesma hora, um funcionário anunciou o embarque pelo alto-falante. Os dois se levantaram, ajeitando os paletós e os cabelos, e fizeram um gesto com a cabeça para o psiquiatra, que também se levantou. Por que não falava? Por que não dizia nada? Não gritava, não esperneava? Tinha algo estranhamente em comum com o acompanhante. De um certo ponto de vista, que notei apenas no aeroporto de Temuco, eram muito parecidos. Como se fossem da mesma espécie. Que tipo de loucura era aquela? Já no avião, sentamos o Cardozo, o psiquiatra e eu, nessa ordem, numa fileira de poltronas na área de não-fumantes, logo na entrada, enquanto o acompanhante, mais uma vez, se instalava lá atrás, entre os fumantes, embora a rigor devesse ficar ao lado do paciente. Na nossa frente, ia uma família de fazendeiros prósperos. Na fileira da esquerda, o patriarca, o avô, amparando a mulher, uma senhora alta e elegante que se recuperava de um derrame provavelmente, andava com dificuldade, não falava, tinha o rosto um tanto contorcido, e apenas sorria quando lhe dirigiam a palavra, e nas poltronas imediatamente anteriores às nossas, do nosso lado, a filha, uma mulher muito bonita, com as feições muito finas, mas de certa forma rudes, o que não era uma contradição, por se combinarem com uma expressão selvagem, os cabelos castanhos bem claros, quase dourados, ligeiramente ondulados e despenteados, que prendia a atenção de todos os homens que entravam no pequeno avião inglês, acompanhada pelos dois filhos pequenos. Durante toda a viagem, o psiquiatra não desgrudou os olhos da cordilheira e dos vulcões, a não ser uma única vez, quando um desses meninos, o menor, deixou cair um brinquedo pelo vão da poltrona nos pés do Cardozo, que estava na janela. Virou-se para trás e, vendo que não conseguiria alcançá-lo, o menino não chegou a insistir. Abriu mão do brinquedo, talvez por timidez, talvez por educação, recalcando a perda numa espécie de resignação silenciosa, rara numa criança daquela idade. O psiquiatra se abaixou, provocando um sobressalto no Cardozo, pegou o brinquedo, um helicóptero de plástico que o menino tinha ganho do comissário de bordo, como cortesia da companhia, e o entregou ao garoto, estendendo-o de volta pelo vão da poltrona. O menino olhou para trás e sorriu para o psiquiatra que, pela primeira vez, sorriu também. Manteve aquele sorriso enquanto o observou brincar com o helicóptero, inventando histórias para si mesmo, ao girar a hélice de plástico, numa curiosa fabulação em tom de balbucio, e só retomou a mesma expressão vazia anterior, virando-se de novo para a cordilheira, quando percebeu que eu também, do meu lado, o observava sorrir.

Uma hora depois, já estávamos pousando em Santiago.

Quando entramos no aeroporto, às pressas (tínhamos apenas meia hora para a conexão), o Cardozo me puxou num canto e disse que não tínhamos nenhum documento oficial que nos assegurasse a custódia do psiquiatra, não tinha havido tempo, oficialmente não podíamos viajar com ele — o que para mim foi uma surpresa; ninguém tinha me dito nada, nem mesmo o vice-cônsul, que deveria ter se ocupado do assunto, já que conseguira o passaporte —, portanto eu iria sozinho até o guichê, eu e o psiquiatra, que parecia calmo, resignado, e faria o embarque de ambos com naturalidade, sem dar a perceber que embarcávamos um louco, e foi o que fiz, aproximei-me do balcão de embarque — não havia fila —, com nossos dois passaportes — na hora, não pensei na questão do passaporte, que ele de fato não devia ter um passaporte e aquele que eu apresentava como sendo dele podia muito bem ter sido forjado de última hora com a intenção de tirá-lo do Chile —, e coloquei tudo, as duas passagens e os documentos na frente do funcionário da companhia, que não olhava para nós, folheou as passagens, abriu os passaportes e, quando viu a minha fotografia e leu o meu nome, levantou a cabeça pela primeira vez, espantado, e me encarou. Até então o psiquiatra parecia apático, não se mexia e não falava; estava totalmente submisso. O Cardozo e o acompanhante nos vigiavam do fundo do saguão. Tinham que estar a postos para uma eventualidade, se o comportamento do psiquiatra se alterasse de repente. Eu estava suando mais do que o normal. Era a primeira vez que ficava sozinho com o psiquiatra — mas ele não parecia ligar para a minha apreensão, aliás até então não parecia ligar para nada. O funcionário continuava imobilizado, olhando para mim. Sorri, sem graça. Perguntei se o vôo estava cheio, apenas para entabular algum tipo de conversa que o fizesse prosseguir em seu trabalho, que o despertasse. Ele continuou em silêncio, me encarando. De repente, disse: "Você?". Fiquei sem saber o que fazer. Pensei em dizer que estava me confundindo com outra pessoa. Mas não conseguia falar nada. Houve mais uma longa pausa. "Eu também te amo", ele disse. Nessa hora, pela primeira vez, saindo de sua letargia, o psiquiatra arregalou os olhos, fitou o funcionário e depois virou-se para mim. Havia alguma coisa estranha na sua expressão de surpresa. Não que eu também não tenha ficado pasmo, mas ele parecia pronto para explodir numa gargalhada. Era como se reconhecesse ali um de seus velhos relatos clínicos, a meu ver absurdos, aqueles casos de "estados paranóides desenvolvidos", de confusões de identidade, que li no avião a caminho de Santiago; como se aquele diálogo reanimasse o seu passado de psiquiatra, dando-lhe, ao mesmo tempo, algum crédito, mostrando que não podia estar louco, era o mundo. O funcionário prosseguiu: "Na verdade, também fiquei apaixonado, mas só percebi depois. Você tem que entender. Me desculpe, perdi o cartão, não tinha como ligar. É o destino... só pode ser o destino". Eu não sabia mais o que fazer. Olhei para trás, para o Cardozo e o acompanhante, que também me olhavam ansiosos, percebendo que alguma coisa não ia lá muito bem, mas sem saber exatamente o quê, e sem querer se aproximar e estragar tudo de uma vez por todas, enquanto o psiquiatra já sorria despudoradamente, fitando ora o funcionário ora a mim. Na verdade, quando ele falou a palavra *destino*, lânguido, pronto para se levantar e me beijar na boca (era o meu medo), eu já o tinha reconhecido. Logo antes de entrar na medicina, fiz uma viagem pelo Chile e pela Argentina. No último dia em Santiago, depois de meus dois companheiros de viagem, os irmãos Freire, terem sido obrigados a voltar ao Brasil com urgência por causa do suicídio da mãe, que tinha dado um tiro na cabeça, fui a um bar e, completamente bêbado, fiz a mais deslavada declaração de amor ao gerente, um rapaz que nunca tinha visto na vida. Disse que ele tinha que ir ao Rio de Janeiro, eu pagava tudo, inclusive a passagem. Disse que era o destino que tinha nos colocado frente a frente e não podíamos jogar fora essa chance (ele trabalhava até as sete da manhã e meu vôo de volta para o Rio era às oito, descartando a possibilidade de ficarmos juntos naquela mesma noite). Eu lhe entreguei o meu cartão. Ele disse que ia pensar, que eu devia dizer a mesma coisa a todos, e jurei que não, implorei que me ligasse, já caindo no chão de tanto pisco sauer. Nunca ligou. "Você estava certo. Só pode ser o destino", repetiu já de pé atrás do balcão de embarque, e nessa hora vi que o Cardozo me perguntava, por meio de sinais, o que estava acontecendo. Eu estava paralisado. Olhava para todos os lados, para trás, para o Cardozo e o acompanhante, e para o funcionário, passando pelo psiquiatra, que sorria, numa espécie de êxtase. Senti que alguma coisa estava prestes a explodir com aquele funcionário da companhia aérea de pé atrás do balcão. "Estou disposto a largar tudo", ele disse. E nessa hora só ouvi a voz do Cardozo às minhas costas: "Não vai largar nada. Sente-se aí e faça imediatamente o embarque dos passageiros. É o melhor que você tem a fazer". Quando olhei para o Cardozo, tinha aberto uma das abas do paletó para o funcionário, como um policial que mostra uma insígnia, mas não pude ver o que era, só o funcionário via, que ficou lívido, sentou-se, abaixou a cabeça e retomou o trabalho como se nada tivesse acontecido. Em dois minutos, estávamos com nossos cartões de embarque nas mãos. Enquanto nos afastávamos do guichê, em direção à sala de trânsito, olhei para trás e vi o funcionário sendo retirado do balcão, ainda lívido, em silêncio, sem nem tentar se explicar, por dois homens fardados, e um outro sorridente tomando seu lugar no atendimento dos passageiros.

Com apenas dez minutos de vôo, o comandante já anunciava que podíamos ver o Aconcágua à nossa esquerda, e o acompanhante dormia profundamente na poltrona do corredor (agora, sem o Cardozo, que tinha nos abandonado no controle de passaportes, preferiu sentar ao lado do psiquiatra, que ia no meio, entre nós dois, deixando-me a janela). O sol de final de tarde entrou de repente pelas janelas, com uma curva mais acentuada, banhando o interior do avião, avançando pelo chão e pelas poltronas, tomando tudo, primeiro as mãos, depois o tronco e finalmente o rosto do psiquiatra, que não fechou os olhos para proteger-se da luz, era como se a irradiasse. Por um instante, o avião pareceu estar imóvel no ar, e os motores terem parado. O tempo desapareceu. Foi quando começou a falar. Eu tinha colocado o dossiê no colo, folheando-o rapidamente. Ele se virou para mim e perguntou se eu tinha lido aqueles casos. Me espantei. Respondi que sim; ele riu, disse: "Uma piada, não?". Olhei para ele, perplexo. Ele prosseguiu, sorrindo: "É tudo inventado". Fiquei incomodado com aquela revelação. Não sabia o que pensar, se estava tentando me confundir, me senti sozinho. Fitei o acompanhante, dormindo de boca aberta, com a cabeça jogada para trás no encosto da poltrona. Tinha que me controlar para não fechar os olhos também. O psiquiatra, notando a minha preocupação, virou-se para ele por um segundo e, voltando-se para mim, disse: "Está dormindo. Não vai acordar", para me aliviar, como se a minha preocupação fosse resultante de uma eventual cumplicidade entre nós dois, com o que tinha a dizer. "Não vai ouvir nada", completou, sem no entanto esclarecer-me de uma vez por todas se o acompanhante era surdo-mudo ou não. "Suponho que você seja o único aqui de boa-fé", disse. Não entendi. Prosseguiu: "Digamos que você esteja nas mãos de um outro homem, encurralado, após uma longa perseguição, à beira de um precipício, pendurado por uma corda. Ele lhe diz: 'Você tem duas opções: ou se atira ou me dá sua mão e deixa a mim a decisão de salvá-lo ou não'. O que você faria? Você pode tomar a morte em suas mãos, agir — neste caso, a morte é certa, mas você sai com mais integridade —, ou submeter-se ao inimigo, o que também não garante a sua sobrevivência, embora lhe dê cinqüenta por cento de chances, e a humilhação, ao mesmo tempo (tudo tem seu preço), de deixar a ele a decisão sobre sua vida ou sua morte. Na primeira opção, não há riscos, a morte é certa, mas é sua. Na segunda, há riscos e humilhação, mas você pode sair com vida. O que você faria?". Pensei. Na realidade, estava mais atônito por ele ter falado do que pelo que me disse. "O pior da segunda opção é que você pode morrer e ainda sair humilhado. Pode morrer irritado", eu disse. O psiquiatra olhou pela janela. O céu de fim de tarde estava pontilhado por pequenas nuvens brancas, gordinhas e esparsas. "Irritado...", repetiu e riu. "É um risco", disse, sempre olhando para as nuvens. "A consciência é uma armadilha — um ardil, uma artimanha — que a natureza usa para levar o homem a um objetivo que ela mantém, inversamente, inconsciente", continuou. Depois se calou e, quando voltou a falar, dessa vez seco e direto, já não filosofava nem olhava mais para o infinito do lado de fora mas para mim: "Matei um homem". Desviei o olhar. Aquele homem não estava louco.

Não tinha os olhos de um louco. Achei que eu estava enlouquecendo. Virei-me para a janela, tentando escapar àquele olhar. "O pavor enlouquece", ele disse. Encarei-o, então. Era óbvio que queria me dizer alguma coisa, talvez a resposta à pergunta que lhe fizera ainda no hotel: "O que veio fazer em Los Angeles?". Se o Chile era a representação geográfica da loucura, Los Angeles, pelo que dizia, parecia representar a consciência. Estava com as duas mãos agarradas aos braços da poltrona, pregado em seu lugar. "Muita gente morreu. Mas é diferente. Eu nunca tinha matado um homem. Não estava inconsciente. Carreguei aquela consciência por nove anos praticamente. Todo mundo enlouquece para poder viver. Eu fui embora. Só isso. Depois de nove anos, achei que tinha vencido a consciência, mas ela foi me buscar no fim do mundo e se disseminou dentro da minha loucura, me fez despertar nas mãos do inimigo." Não podia saber o que estava querendo dizer se continuasse daquele jeito. Tratei-o como louco. "O que é que você está querendo me dizer?", perguntei. Ele levantou os olhos. A aeromoça perguntou-lhe o que queria beber. Ficou mudo, paralisado. Me adiantei. Pedi duas águas. O acompanhante continuava dormindo. A aeromoça apontou para ele como que me perguntando o que devia fazer, enquanto nos entregava os dois copos d'água. Sacudi as mãos e fiz uma careta, franzindo o cenho, para dizer que o melhor era deixá-lo como estava, dormindo. Ela sorriu. Era simpática. O psiquiatra olhava para o copo d'água entre suas mãos. Não bebeu nem um gole. O sol se punha sobre as nuvens vermelhas no horizonte e as estrelas começavam a surgir do outro lado. "O que você ganha fazendo esse trabalho?", me perguntou. Sorri — queria que se lembrasse da minha autoridade, que ali ele era apenas o louco e eu o aspirante —, pensei em não responder, mas acabei dizendo: "Isso não é da sua conta". "Não perguntei quanto, mas o quê", ele rebateu num tom melancólico, decepcionado com a minha reação, deixando-me desconcertado, envergonhado com os limites do meu entendimento. Continuou: "Também não sei o que ganhava com aquele trabalho. Nunca entendi o que pode levar uma pessoa àquilo. Nem o que me deu para chegar aonde cheguei, fazer o que fiz. Quando o encontrei pela primeira vez, ele estava numa sala fria e escura, o que dificultava ver suas feições, ainda mais por estar desfigurado. Não sei se teria ido em frente se tivesse visto seu rosto da primeira vez. Quando o vi finalmente como um homem, sua expressão de terror, já não podia voltar atrás. Acho que ele percebeu quando vacilei, que se continuava era por inércia, por covardia". Nesse instante, pela primeira vez, notei as cicatrizes na têmpora esquerda e do lado do nariz. "Eu estava começando minha vida quando surgiu aquela oportunidade, contei minha história para ele, para que soubesse, como se contar pudesse me redimir. Trabalhei desde cedo para custear os meus próprios estudos, mas nada justifica. Fico tentando entender e não consigo. Eles me procuraram e eu aceitei. Mas o que leva uma pessoa a aceitar? É por isso que perguntei o que ganha trabalhando para eles", disse. No começo não entendi o que queria dizer com "eles", e no fundo também não sabia para quem estava trabalhando. Estava ali por causa do Jorge. Tinha me dito que não devia fazer perguntas. Não perguntei quem eram "eles". Não precisei perguntar. "Eu mesmo contei para ele que não sabia por que tinha aceitado, quando me perguntou entre as minhas mãos, à beira da morte. O caso dele foi diferente dos anteriores, porque o vi morrer. Ou melhor, me vi matá-lo. O seu caso me parece menos problemático", disse, sorrindo sarcasticamente para mim. "Mas também, o que ele estava fazendo ali?", prosseguiu. "A responsabilidade não era só minha, e eu disse para ele. Foi ele que escolheu, de certa forma. É uma outra coisa que eu também não entendo. Por que, tendo tudo, rico, com a vida ganha, foi se meter ali? E além do mais estrangeiro! É difícil de entender. Não me conformo. No meu caso, embora não seja isso — eu sei que não é, ainda que não saiba o que é —, você pode até pensar na necessidade. Fez por dinheiro. É o que você deve estar pensando. Mas, e no caso dele? Nem isso. Nem essa desculpa esfarrapada. Só um vazio.'' E olhou para as nuvens.

Se de início eu tinha ficado espantado, logo que falou, e mesmo antes, sem saber que loucura era aquela — e se era loucura —, ali, por um instante, senti todo o meu corpo relaxar diante da constatação de que, de fato, aquele homem não estava em pleno domínio de suas faculdades mentais, para usar um eufemismo muito comum ao Jorge em seus momentos mais exasperados diante da tropa — e de mim —, quando o empregava com uma ponta de sarcasmo — sobretudo em relação a mim, porque sabia do tumor e das conseqüências, era o único —, mas foi só por um instante, porque em seguida as cartas voltaram a se embaralhar e fui novamente capturado pelo que ele tinha a dizer, até a surpresa final, para mim pelo menos, por me incluir de certa maneira naquele delírio, tornando-me personagem virtual, quando fui esmagado pelos poderes do psiquiatra, cheguei a imaginar que tinha poderes, embora, no fundo, para alguém olhando de fora, tudo não tenha passado de uma grandíssima coincidência — só que para o paranóico as coincidências não existem, eu pensei com razão; na cabeça do paranóico, Deus existe e está sempre olhando, a paranóia é uma forma de religião.

''Há quanto tempo você está com eles?'', perguntou.

Eu não estava esperando esse tipo de perguntas, mais corriqueiras, em referência a mim mesmo. Estava pensando nele, não em mim, e a referência direta, quando dizia ''você'', me confundia. Já não sabia a quem podia estar se referindo. ''Como assim?'', rebati, na dúvida.

Ele repetiu, sem tirar nem pôr. E, por fim, foi o que bastou para eu entender. "É o meu último ano", respondi.

"Eu também estava no último ano da residência", disse, dando um sentido mais trivial àquela minha estranha resposta, sobre o fim da minha vida, eu achei, que me surpreendi ao pronunciar. "O serviço apareceu; eu peguei. No começo, não passava de um serviço. Uma assistência, se você preferir. Não era eu o responsável, você entende? Imagino o desprezo que tem por mim. Como eles tinham. Vai me dizer agora que não faria, não é? Mas então por que está aqui? Se não aceitaria na época, por que aceitou agora?", ele disse.

"O quê?" Senti que eu estava me afundando na minha confusão, que ele estava me enredando naquela loucura — já não entendia ao que se referia; era como se falasse uma língua cujos meios-tons eu não pudesse mais compreender —, mas a curiosidade não me permitia mais sair dali.

Ele continuou: "No começo, eu achava que não morriam por minha causa, que só eu sabia até onde podiam ser levados. Achava que estava ali para colocar os limites. De um certo ponto de vista, o meu limite, mas forjado pelo deles, eu era a lei, você entende?, a nova lei que era criada ali dentro, numa realidade totalmente extrema. Mesmo a barbárie tem as suas regras e achei que eu era o representante delas no meio dos animais. Dos males, eu era o menor. E se era preciso que houvesse alguém naquele papel, o melhor era que fosse eu mesmo. Queriam que eu pensasse assim. E era fácil. Todo mundo pensa assim no começo. Depois, a confusão vai se desfazendo, e talvez você até tenha um minuto de consciência, um lapso, mas aí já é tarde, você já está dentro, não dá mais para sair. E quando percebe, quando quer sair, é porque já matou".

Me irritei: "Matou o quê?", perguntei, tentando sair daquele círculo delirante.

"Me ligaram à noite. Me acordaram no meio da noite para dizer que precisavam de mim. Ele chegou lá no final da tarde, mas só me chamaram à noite. Quando cheguei, ele estava sozinho no cubículo frio e escuro. Conversei com ele. Disse que era melhor ele falar logo tudo, melhor para ele e para mim. Mas não abriu a boca. Por isso, resolveram começar as sessões naquela mesma noite. Por isso, tinham me chamado, porque ele não falava desde que tinha chegado. Não havia meios, ainda que tenha falado do advogado e da empresa, exigia um advogado, até alguém rir e lhe dar um murro na cara. Quando cheguei, parece que estava com a cara arrebentada, mas no escuro eu não via. Tentei trazê-lo ao bom senso. Não é que estivesse imbuído de uma coragem heróica ou de brios de consciência, embora fosse o que os outros achassem. Não era nada disso. Estava apavorado. Não falava, simplesmente porque não tinha o que dizer.''

Suas palavras começavam a fazer sentido de novo — ou talvez fosse eu que já estava vivendo dentro do delírio dele — ou era o meu desde o começo? Olhei para o acompanhante, que continuava dormindo, e pensei se aquela não seria uma outra tática de controle, se não encenava o sono justamente para que o psiquiatra falasse e eu escutasse.

Continuou: ''Não entendi logo. Foi preciso aquela noite e mais outra e mais outra, e ele sempre calado, gritando mas calado, para começar a desconfiar. À diferença dos outros, não havia nada ali. E por mais que houvesse limites, e eu estivesse ali para dizer a eles quando deviam parar, nunca seriam suficientes, porque ele próprio os estendia ao não falar nada. Foi só no quinto dia, e eu tentando reanimá-lo, depois de tê-los convencido de que era preciso fazer uma pausa, porque, se não, ia morrer ali mesmo, e sem dizer nada, ou no sexto, quando já estava um pouco melhor e conseguia engolir alguns líquidos, que ele me contou sua história e eu entendi que, ao contrário dos outros, que falavam (dispensando em seguida a minha presença) e depois desapareciam sem que eu me desse ao trabalho de imaginar como, aquele morreria em minhas mãos e seria o meu fim também. Pedi para ficarmos sozinhos. O que talvez tenha sido o meu maior erro. Ele me contou quem era e eu ouvi. Ao contrário dos outros, era apenas um simpatizante. Era filho de um americano e de uma brasileira. Tinha passado parte da infância no Brasil. Falava sem sotaque. No final dos anos 50, o pai o mandou para o Brasil. Veio assumir a filial da empresa familiar. Na verdade, eram associados a empresários locais. Trabalhavam com papel. Não eram pouco ricos. Veio com a mulher, com quem tinha acabado de se casar. Nem ele soube me dizer como chegou ali, por que tudo começou. Disse que de início foi como uma 'aventura'. Mas acho que nunca imaginou os riscos. No fundo, foi infantil. Colocou tudo a perder. Me pergunto se faria de novo, se ainda estivesse vivo", disse o psiquiatra, fechando os olhos e massageando a testa com a mão direita.

"Você não está se sentindo bem?", perguntei, mas era eu.

"Não. Não é nada." Sorriu para mim e prosseguiu: "Só pensava na mulher. Falava dela o tempo inteiro, em vez de me dizer o que eu estava ali para arrancar. Era nela que pensava quando se deu conta da besteira que fez, de que não estava preparado para correr os riscos, quando percebeu que ia morrer. O pavor enlouquece. Tudo o que fez foi contribuir com dinheiro. Foi tão ingênuo. Depositava o dinheiro! Mensalmente. Nunca faltou, por dois anos. Talvez para ele fosse como ir caçar na selva. Dava-lhe um pouco de emoção. Mas estava inconsciente. Pobre coitado. De que adianta agora sairmos com explicações de psicologia barata, que tenha agido contra o pai, em represália ao pai? Mas até hoje não sei dizer se estava mesmo em contradição com o que fazia, com seu papel, com os negócios de papel da família. Por que em contradição? Falava da mulher. Teve um momento em que eu e ele percebemos juntos que não teria nada a dizer, e que morreria. Me implorou que fizesse alguma coisa. Cambaleei. Foi o meu segundo erro. Viu que eu estava emocionado. O pavor enlouquece. Você é capaz de tudo. Era eu e ele. Estávamos frente a frente. Não havia mais ninguém para testemunhar. Eu soube depois que havia outros como ele, mas para mim era o primeiro e o único. Aquele encontro seria fatal para mim. Eu acho. Foi o meu fim. Nunca tinha matado. Você tem filhos?''.

''Não'', respondi.

''É o contrário'', disse.

Já era noite do lado de fora. O psiquiatra enfiou a mão dentro da camisa, na altura do peito. Me assustei por um instante. Achei que ia tirar uma arma. Não pensei que não fosse possível. Acho que percebeu. Não ligou para o meu medo. Era um envelope.

''Pelo jeito, você é o único de boa-fé aqui. Você é cristão?''

Não respondi.

''E Jonas levantou-se para fugir para longe da face de Deus'', disse, esperando ver uma luz no meu rosto.

Não respondi.

''Quando fui embora, quando vim para o Chile, trouxe isto comigo'', disse, com as mãos encobrindo o envelope. ''Carreguei isto aqui por nove anos. Você não faz a menor idéia, não é?''

Não respondi.

''Antes de morrer ele me pediu que entregasse isto a ela. É sempre antes de morrer que eles pedem. E eu estou lhe pedindo agora. Ele escreveu a carta de próprio punho. Eu não pude fazer isso, não podia, por covardia, sou um covarde, mas o pavor enlouquece, você não pode saber o que é este peso, e estou lhe pedindo agora'', disse e fechou novamente os olhos, colocando a mão direita na testa, um gesto que eu imitei, um gesto mecânico, em parte por puro mimetismo, porque já não pensava que minha cabeça estava estourando nem que tudo o que precisava era dormir.

Eu não sabia o que fazer, como me comportar, tentava agir como aspirante, passar por médico, que eu não era, criando as minhas distâncias, me esforçando para não me envolver no que dizia, para vê-lo como um louco, e seu discurso como as palavras de um louco.

Abriu os olhos. "Ele a amou mais que tudo no mundo. Provavelmente nunca lhe disse. É sempre assim. Deixam para dizer à beira da morte."

Não estava sendo sarcástico. Estava com a voz engasgada. Pigarreou. "Ninguém nunca sabe. O pior é não saberem que eles morreram, não terem certeza. Isso é o pior de tudo. Faça-me esse favor", terminou, passando-me o envelope.

Nessa hora, numa sincronia absurda, o acompanhante abriu os olhos, como para confirmar a minha desconfiança — que tinha "dormido" para que o psiquiatra falasse e eu o escutasse — mas deixando-me, ao mesmo tempo, com a estranha sensação de que tudo ali tinha se passado dentro do seu sono. Por um momento, e pela segunda vez, tive a impressão de que o avião tinha parado no ar, estava tudo imóvel, os motores tinham parado junto com o tempo, como quando ele havia começado a falar, quando o avião foi tomado pelo sol de fim de tarde, banhando o psiquiatra de luz. Senti o sangue me subir à cabeça. Teria caído se estivesse de pé. Sobre o envelope branco, ligeiramente amassado e gasto, estava escrito o nome e o endereço: Elena Finkelstone, 4352 Sunbath dr., Los Angeles, Califórnia, 90409.

2
A LÍNGUA GEOGRÁFICA

O mundo é cem por cento sexo, o resto é camuflagem, o Jorge me disse uma vez, bêbado; perguntei que resto, e ele não parou mais de rir pelo resto da noite. Assim que desembarcamos no Rio de Janeiro, o psiquiatra virou-se para mim pela última vez e repetiu: "Aqueles casos, eu inventei tudo". Não tinha mais nada a dizer. Antes mesmo que eu pudesse dizer o que quer que fosse, eles já o tinham levado, e o acompanhante. Estavam esperando à saída da alfândega. Dois militares — um tenente-coronel e um major, mas não o Jorge —, três PMs e dois homens de terno escuro. Quando o viram, ficaram paralisados. Um dos homens de terno estava com uma foto dele na mão, que tinha levado para reconhecê-lo. Olhou para a foto e depois para ele. Virou-se para os outros e anuiu: "É ele". Em suas expressões, havia uma mistura de alívio, por terem-no recuperado, e temor, porque agora estavam com ele nas mãos. Ele os traíra. Eu imaginava. Nem que tivesse sido apenas por abandoná-los no meio do caminho, eu achei. Devia saber demais. E agora, logo quando tudo estava às vésperas de terminar, não podiam perder a última chance de eliminá-lo antes que pudesse revelar alguma coisa, na minha cabeça. Carregaram-no como a um preso. Ele não resistiu nem por um segundo. Mas podia. Podia ter gritado, esperneado, alardeado ao mundo a sua história. Mas não. Estava louco. Não via mais saídas. Não deixava de ser um tipo de loucura, afinal. Ou talvez ainda estivesse sob o efeito do choque, como o sonâmbulo que é acordado em plena deriva no meio da noite. Foi o Jorge também que me disse pela primeira vez, quando ainda éramos pequenos (e dali em diante aquilo virou uma obsessão, como se naquela imagem já estivesse escrito o meu destino), que eles podem até morrer se acordados no meio do sono, pegos em flagrante, quando na realidade só querem dormir. Foi acordado de repente, numa cidade ao sul quando queria estar em outra a milhares de quilômetros, ao norte. Porque tinha se comprometido a entregar uma carta. Eu o vi sendo carregado sem resistir. Alguma coisa ali já me parecia falar da verdade, uma estranha manifestação da verdade, numa forma ao mesmo tempo bruta e intrincada. Foi embora sem olhar para trás. Sem esperanças, um homem perdido, na minha cabeça. Me deixaram sozinho. Fui dispensado. Mal perceberam que eu estava ali. Caminhei até o balcão de táxis, tentando manter os olhos abertos, e ainda de longe avistei um rapaz que usava um estranho bracelete de metal prateado com uma pedra azul incrustada no meio, que brilhou na minha direção. Era como um amuleto. Aquilo não podia estar no braço de um homem, eu pensei ao me aproximar. Era um monstro. Tinha um corpo largo, com as costas arqueadas. Quando cheguei perto, vi que tentava inutilmente se expressar em português. Insistia. Era americano. Era como um travesti despojado, sem a peruca, a maquiagem e as roupas de mulher. Um homem que tivesse virado mulher e voltado a ser homem. Só tinha esquecido de tirar o bracelete. Tinha o cabelo muito fino, castanho-claro, e um rosto deformado. O nariz era pequeno demais para a brutalidade das feições; tinha os olhos grandes e pouco queixo, um maxilar de macaco. A mulher do balcão perguntou-me para onde eu ia. Gávea, respondi. Virou-se para o rapaz. Ele fingia que não me olhava. Encobriu o bracelete com a manga do paletó. Senti que tínhamos que ficar juntos, de algum jeito já nos conhecíamos. Não foi preciso fazer nada. A mulher do balcão voltou-se para mim e disse: "Gávea? Você se incomoda de dividir o táxi com ele?". (Pensei nos meus pais, que se encontraram esperando as malas no aeroporto, e, por tabela, pensei em mim e em onde ia parar, na minha cabeça.) Não. Lógico que não. Fiz-me de indiferente, que aquilo para mim não era nada. Tratei-o com uma frieza objetiva. Ele já sabia e eu também, embora depois ambos tenhamos jurado que não. Caminhamos juntos para o táxi, eu fazendo as perguntas mais sonsas, de onde vinha, o que estava fazendo naquele fim de mundo, e o monstro a responder por alto, desviando-se delas. Depois de colocarmos as malas no bagageiro, ao entrar no carro, pude ver ainda o psiquiatra louco sentado dentro de uma caminhonete preta mais adiante, mudo, com a cabeça imóvel, olhando para a frente, resignado, enquanto os outros homens que o acompanhavam, o acompanhante, os militares e os de terno (porque os PMs tinham sumido), discutiam do lado de fora. Coloquei a mão no bolso para me certificar de que não tinha perdido a carta. Tentei imaginar o mundo aos olhos de um louco, e sobretudo uma cena absurda como aquela (era a segunda vez que acontecia no mesmo dia, a mesma cena), com aqueles homens discutindo do lado de fora do carro, mas estava pensando errado. Desde o início, pensei tudo errado. Precisava dormir. Arrancamos e passamos pelo psiquiatra, para quem olhei em busca de seus olhos, mas ele não se mexeu. Estava com os pés no chão. Me perguntei se desta vez saberia onde estava, na minha cabeça.

Durante o percurso até a cidade, fomos ultrapassados pela caminhonete preta. Vinha a toda. Tinham colocado uma sirene no capô. O americano olhou para o lado, atraído pela sirene. Começou a falar logo depois e foi isto o que ele disse: "Chamo-me Kalani. Só Kalani, mesmo. Na verdade, meu nome é P. M. Chamo-me Kalani desde os dezessete anos.

É um nome inventado. Artístico. Não gosto do meu nome. Do que me deram. Nunca pensei em pisar aqui. Foi uma soma de circunstâncias. Vim trazer um quadro. Não é o meu trabalho. É quase um favor. Trabalho para uma firma de investimentos. É um cliente que não podemos perder. Alguém precisava trazer esse quadro para o Brasil. Tinha que ser eu. Não teria pisado aqui se não tivessem me obrigado''. Perguntei que quadro era aquele e ele me pediu para imaginar uma mulher sentada numa paisagem inóspita, uma espécie de deserto. Enquanto falava, me lembrei do quadro no apartamento da testemunha. Quando eu disse que uma vez tinha visto um quadro assim, só que com cinco pessoas deitadas ao sol, ele me interrompeu, mudou de assunto. Perguntou se alguma vez eu já tinha colocado os pés num terreiro de macumba. ''Uma só'', respondi. Parecia ter ficado ansioso. Disse alguma coisa vaga como: ''Os mortos andam por toda parte''. Disse que tinham lhe falado muito dos terreiros, que precisava ir a um deles, perguntou se podia me ligar. Eu disse que sim e lhe dei o meu telefone. Ele me deu o dele no Rio. Não me disse quanto tempo pretendia ficar. Por que precisava ir a um terreiro? Não disse. Achei estranha aquela abordagem. Tínhamos que ficar juntos. Foi a forma que encontrou para pegar o meu telefone, interpretei. Quando nos despedimos em frente ao edifício onde ia ficar hospedado, a casa do cliente, eu imaginei, ele apertou a minha mão e perguntou se podia contar comigo. Eu disse que sim.

Em casa, encontrei três recados do Jorge. Dois deles, bêbado. Queria me ver. A desculpa era saber como tinha sido o repatriamento do psiquiatra louco. Eu me apaixonava a cada vez que dormia com ele, a despeito do cheiro de vômito que exalava (Eu nunca vomito, dizia, ninguém me fode, dizia), como se a própria pele vomitasse o que tinha bebido e desmentisse o que tinha dito. E aí, as semanas que ficávamos sem nos falar depois de cada uma dessas noites, a ressaca, eu passava tentando esquecer, e ao mesmo tempo aprender de novo o que tinha esquecido desde a última vez — que o amor com o Jorge é uma manifestação embriagada. Sempre dizia que me amava, e não é que não fosse sincero, só que esquecia. Qualquer menção posterior ao amor era patética. E aí ficava perguntando por quê?, por quê?, como uma das loucas que eu tinha visto de relance na enfermaria psiquiátrica do hospital universitário, imóvel diante da televisão ligada, repetindo por quê?, por quê? com intervalos precisos de vinte segundos, marcados no cronômetro de uma das internas, que fazia uma pesquisa sobre as repetições. Você não pode deixar o seu instinto sexual virar amor, ele dizia, se não, está perdido. O seu problema é que você confunde sexo com amor, dizia, coberto de razão, embora minha tendência fosse ver algo de positivo naquilo que ele chamava de confusão. Era óbvio o conflito da sua vida dupla; tenente sóbrio de dia, bêbado à noite, embora tenha me dito mais de uma vez que sabia muito bem o que estava procurando. Estava perdido, ou era eu? Eu só queria que ele sonhasse por mim. Quando eu não estiver mais aqui, que sonhe por mim, eu pedi a ele. O que me salvava, com ele entre os meus braços, era lembrar que uma vez (no sábado em que o Bob pediu minha mãe em casamento) me disse que queria ser menina, que quisesse ser mas não fosse, era colocar na minha cabeça que a minha única função ali era justamente torná-lo, e não conseguir, ajudá-lo naquela tarefa inútil. Nossos encontros eram tentativas absurdas e frustradas de transformar o corpo dele, aquele corpo muito mais forte e mais alto que o meu, transformá-lo em menina, quando nos amávamos, desde a primeira vez, não mais que isso, que já era impossível.

Quando o telefone tocou, tive certeza de que era ele. A minha cabeça estava estourando. Corri para atender. Era o americano. Perguntou se eu estava ocupado. Estava aflito. Disse que precisava da minha ajuda. Tinha esquecido uma sacola no táxi. "É importantíssimo", disse, dessa vez em português. Queria que eu ligasse para a empresa de táxis e tentasse localizar a sacola. Disse que era uma questão de vida ou morte. Quando perguntei por quê, ele ficou uns segundos em silêncio e aí me perguntou se podia vir à minha casa. Eu ia começar a lhe explicar o caminho, que podia fazer a pé, em quinze minutos, quando me interrompeu para dizer que estaria pronto em cinco minutos, eu podia passar para pegá-lo.

Estava esperando na portaria do prédio. Quando entrou no carro, coloquei a mão na sua coxa (já não podia mais com a minha cabeça) e perguntei, como se estivesse preocupado, o que estava acontecendo. Olhou para os lados, disse "Aqui não", e fomos embora. Já não estava mais com o bracelete. Disse que o tinha trazido para a dona da casa que o hospedava, a mulher do cliente, eu achei. Usou-o para passar na alfândega. Eu disse a ele que tinha ligado para a empresa de táxis e que estavam procurando a sacola. Virou-se para mim e perguntou se podíamos ir ao terreiro. "Agora?", perguntei. Ele disse que sim. Achei que tivesse bebido. Disse-lhe que primeiro passaríamos em casa. Ele disse que não; repetiu: "Agora". O hálito era de uísque. Parei o carro ao lado de um orelhão e liguei para o Jorge. Ele queria saber tudo. Me perguntava. Eu disse que não podia falar ali (explicava mais tarde), precisava do endereço. Ele me disse como chegar lá; ficava no Méier. Enquanto me explicava o caminho (e eu dizendo que não tinha tempo, era uma frase que repetia desde que tinham descoberto o tumor), eu olhava para o americano no carro, sentado, imóvel, o monstro. Nos perdemos pela Zona Norte. Não nos tocávamos mais. Também não nos falávamos. Aquela mudez súbita era estranha. O terreiro era uma casa azul, disse o Jorge. Tudo era pintado de azul, dentro e fora da casa. Tiramos os sapatos. Pisamos na areia do segundo andar. Ele queria ser atendido pelo pai-de-santo, um homem velho, de barba e cabelos brancos, que mal se movia, sentado num banquinho de madeira. Um outro bem mais jovem, branco, com um aspecto doentio, vestido de branco, com a pele amarela e macilenta, assistia o pai-de-santo. Era ele que falava. Abaixava a cabeça na frente do velho como que para ouvir o que ele tinha a lhe dizer ao ouvido, e transmitia o que tinha escutado à pessoa que fora se consultar. Cinco estavam na nossa frente. Tudo começou quando quatro mulheres e três homens, todos de branco, passaram a dançar em volta de uma outra, muito magra, que tinha sido possuída, ao que parecia. O americano observou a cena em silêncio, até a mulher ser imobilizada no chão e perder os sentidos. Começou a tremer, sentado ao meu lado, e de repente jogou-se para a frente, falando numa língua incompreensível, com uma voz que tanto podia ser de um velho como de uma criança, de um homem ou de uma mulher. As quatro mulheres e os três homens de branco o cercaram — "Quer cachaça", disse uma delas —, e o assistente do pai-de-santo deixou o que estava fazendo e se aproximou. Os outros se afastaram, deixando-o cara a cara com o americano, que babava pelos cantos da boca. Ouviu aquela língua. Segurou-o perto do pescoço e nessa hora o monstro caiu no chão, desacordado. Eu estava atônito e assustado com a cena. Onde tinha me metido. O assistente do pai-de-santo perguntou quem o tinha trazido. Eu me aproximei. Ele se virou para mim, ainda segurando o monstro no chão: "Ele falou de um quadro. Que quadro é esse?". Eu disse que não sabia. "Falou da gente ao sol e do demônio pintado. O que quer dizer com isso?", perguntou nervoso. Eu não tinha o que dizer. "Por que trouxe ele aqui?" Eu respondi: "Foi ele que quis". Fuzilou-me com os olhos: "Tira ele daqui agora". Dois homens de branco me ajudaram a carregá-lo dali e colocá-lo no carro. Acordou no meio do caminho. Perguntou onde estava. Queria beber. Para mim era difícil não acreditar que tudo não tivesse passado de uma grande farsa.

Não perguntei se queria ir para a minha casa. Não havia mais qualquer dúvida depois daquele pesadelo. Na minha cabeça. Não agüentava mais um minuto. Precisava dormir. Quando entramos no apartamento, me aproximei, passei a mão nas suas costas e o beijei. Ele me afastou e perguntou se eu tinha cerveja. Bebeu quatro. Depois, no quarto, ajudei-o a tirar a roupa e me deparei com um corpo absurdo. Tinha marcas na pele. Eram pequenos desenhos com caneta. Eram desenhos de criança. Fiquei aterrorizado com aquele corpo. Me afastei. Ele disse que era um código, disse: "Fui eu mesmo que fiz", passando o dedo sobre os desenhos, e riu. Depois, me puxou para ele e me abraçou. Eu esqueci. Tentei fodê-lo. Ele não quis. Perguntei por que não queria. "Você sabe", disse, "estou estropiado por dentro." Perguntei o que queria dizer com aquilo. Meus olhos estavam se fechando. Ele repetiu: "Estou estropiado por dentro". Eu não entendia, não conseguia imaginar. Estava aterrorizado com aquele corpo que eu não via, estropiado por dentro. Gozei primeiro, ele depois, e dormimos. Ri melhor quem ri por último. Minha cabeça estava explodindo. Estava morrendo de sono. Do que me lembro, quando acordei, no meio da noite, ele já estava me contando a história. De repente, como se tivesse se lembrado, me sacudiu e perguntou quando pretendiam devolver a sacola. Tive de explicar que prometeram uma posição até o dia seguinte. Mas amanhã já não estarei aqui, ele gritou, para o meu espanto. Achei que ainda estava bêbado. Depois, voltou a si. Colocou as mãos na cabeça e começou a falar de novo, falou pelo resto da noite. Disse que agora eu tinha que saber a verdade e que, devido às circunstâncias, teria que ser seu cúmplice. Não há volta, ele disse, só me resta confiar em você. Perguntei o que havia naquela sacola. "As instruções", disse. Queria mesmo que eu perguntasse, e eu perguntei. "As instruções de onde escondi o quadro", respondeu. Foi só então que me contou a história — ou foi mais ou menos isto o que ouvi:

A verdade é que não trabalho numa firma de investimentos; trabalho num museu, o que me permitiu o acesso a certas obras que a maioria não tem. Digamos que fui levado pelo destino a partir de uma pequena escolha profissional, fui sendo levado e agora estou aqui, onde nunca pretendi pisar. No começo do século, viveu no Rio de Janeiro um dos maiores gênios da pintura [pelo que pude ver, com os olhos quase fechados, tinha um sorriso sarcástico nos lábios], mas ninguém sabe, ou nunca soube, até um grupo de curadores de Nova York decidir "descobri-lo" recentemente. O mundo tornou-se uma piada. Não que não fosse um mestre, mas todo esse cinismo me espanta. Por que tinham que descobri-lo justo agora? Só para eu vir parar aqui. Por que não prestaram atenção antes? Isso me espanta. Talvez as coisas tenham que ser assim mesmo [nessa hora ele estendeu o braço, tirou um recorte de jornal de dentro do bolso da calça jogada no chão e comecou a ler]. Talvez seja um problema geográfico, do seu continente. Escute só, é só uma nota, eu estava lendo no avião e recortei: "Uma rara planta sul-americana de cerca de cem anos floresceu na Inglaterra pela primeira vez em noventa e nove anos após o ar-condicionado ter quebrado numa estufa do jardim botânico da universidade de Oxford, elevando tremendamente a temperatura. A planta tinha florescido pela última vez em 1880, logo depois de ter sido adquirida pela universidade. Com a alta da temperatura, a planta de um metro de altura cresceu mais quatro metros e desabrochou centenas de pequenos botões". Está no *The New York Times* [disse, dobrando o recorte]. Ficou adormecida por noventa e nove anos. Pois bem, foi um grande pintor, mas só agora será realmente um grande pintor. Você entende? Eu não. Nunca entendi, e cada vez menos. Alguém vai ter que tomar uma providência, em algum momento, para parar com tudo isso. Por que somos todos cúmplices? Mas você não entende do que eu estou falando, não é? [minha cabeça estava estourando; eu estava morrendo de sono; disse que ia fechar os olhos, mas acho que já estava de olhos fechados]. Um dos maiores pintores do século! Essa é muito boa! Se o mundo for só uma farsa, de que vale existir? No começo deste século, aqui no Rio de Janeiro, um grupo de artistas fez um pacto de morte: cada um que morresse teria seu cadáver retratado como a um modelo vivo, nem que para isso fosse preciso desenterrá-los. E foi o que fizeram. Quando alguém do grupo morria, era enterrado, os outros artistas o desenterravam e o pintavam em estranhos quadros, como se estivessem vivos, como modelos vivos. O curioso é que todo o aparente absurdo desse procedimento contrastava radicalmente com os próprios quadros, de um realismo a toda prova. Entre esses artistas, havia um homem que se destacava, pela estranheza de suas telas. Ao contrário das dos companheiros, suas cenas eram de um realismo constrangedor, porque, à diferença dos outros, que simulavam a vida dos mortos, era a morte de uma maneira nunca antes imaginada que brotava ali. Hoje essas cenas poderiam ser vistas como precursoras da pintura metafísica italiana. Você sabe do que estou falando, De Chirico, Alberto Savinio etc. Todos os seus quadros, dípticos invariavelmente — é fácil reconhecê-los por essas características estruturais, além de não passarem de uma dúzia —, representam o grupo de artistas, vestidos de banhistas, estendidos ao sol em desertos de areia e pedras. Há sempre um com uma câmera fotográfica diante de si, apontada para fora da tela, para a outra parte do díptico, onde o cadáver, sentado numa cadeira, faz as vezes de vivo. De um lado estão as testemunhas; do outro, os mortos posam como modelos vivos. A cada nova morte de um dos membros do grupo — e isso, você pode imaginar, se deu ao longo de muitos e muitos anos, com intervalos enormes entre um quadro e outro —, eles se reuniam de novo para desenterrá-lo e pintá-lo, num processo que os acompanhou da juventude à velhice. São quadros impressionantes, sobretudo os dele, que permaneceram esquecidos e sabe-se lá por que esses filhos da puta resolveram agora desenterrá-lo, despertá-lo também. Houve um processo judicial na época, logo no começo, por uma das famílias, mas o escândalo foi abafado porque um dos artistas, o próprio pintor, se não me falha a memória, era filho de um senador influente, e na discrição eles permaneceram fazendo o mesmo trabalho surdo, prosseguiram determinados rumo ao esquecimento, como os banhistas ao sol em suas telas, que eram eles mesmos, abandonados num mundo que não podia reconhecê-los, o que talvez eles também não quisessem, não era esse o seu projeto — como poderiam ter seguido adiante, desenterrando corpos e tudo mais se fossem reconhecidos? —, numa paisagem inóspita, improvável, ao mesmo tempo representações eles mesmos do esquecimento do mundo, deitados de olhos fechados para o sol, com exceção do que detinha a máquina fotográfica diante de si, entregues, expostos e subjugados a uma natureza que não os acolhia mas queimava e explodia, passivos diante do sol do deserto, do que os esperava. São telas aterradoras pela visão que expõem tanto da natureza como do drama da exposição do homem a esse sol implacável, que só lhes resta receber de olhos fechados. Hoje tudo estaria pronto para a "descoberta" do gênio [e ele sorriu de novo, eu acho, porque já tinha fechado os olhos e apenas ouvia sua voz]. Quase tudo, se não houvesse uma disputa subterrânea entre os americanos e os parentes, os herdeiros do pintor. De certa maneira, você poderia dizer, essa seria a minha missão. Estou aqui, em princípio, por causa dessa disputa, como uma espécie de mediador ou enviado se você preferir. Trabalho para o Metropolitan, de Nova York. O museu?... [queria se certificar de que eu sabia do que estava falando]. Temos dois dípticos em nossos depósitos. Ou melhor, temos duas partes de dois dípticos incompletos. Não podemos deixar de observar tudo com grande interesse. Para o museu, o melhor é que tudo se resolva o mais rápido possível. Os familiares são contra a "descoberta". De certa forma, não posso deixar de simpatizar com eles. Não querem que se fale do pintor ou que o transformem em gênio público. Mantêm os quadros dentro das famílias dos membros daquele grupo estranho, uma maçonaria. Acham que assim guardam a verdade da obra. Os americanos acham que eles são loucos. Não deixam de ter um pouco de razão. Não querem participar do mercado das artes. Há momentos em que a loucura é mais sã, não é mesmo?, muitas vezes eu prefiro a loucura, meu caro [falava como um velho, e tive a impressão de que imitava a voz de um velho, embora não aparentasse mais que uns vinte e cinco anos, mas também podia muito bem ser a voz de uma criança, uma voz sem sexo definido, a voz do monstro]. Os dois dípticos incompletos só foram descobertos nos nossos depósitos há dois anos. Estavam desaparecidos, segundo os familiares no Brasil, que devem possuir as outras partes, é lógico, e no museu nem sabiam que os quadros existiam. Que piada! Foram os curadores que chegaram lá. Seguiram os passos de um empresário americano no Brasil dos anos 40, um magnata da indústria do papel, um amador ao que parece, um colecionador, que adquiriu os quadros quando uma parte da família do pintor estava endividada, informou-se sobre toda a história, pesquisou a vida do pintor, o processo no começo do século e, depois de voltar para a Califórnia, fez uma doação ao Metropolitan. Parece que na época foi preciso usar de sua influência junto a políticos de Nova York para que o museu aceitasse os quadros, que para os peritos em arte latino-americana não tinham qualquer valor artístico. Ficaram esquecidos num depósito até os curadores entrarem em contato com certos membros do conselho, exigindo explicações sobre o paradeiro de "duas obras-primas de um dos maiores gênios da pintura do século". É tudo uma vergonha. E eu fui enviado para onde nunca pensei pisar, a serviço de um punhado de abutres, essa é a mais pura verdade. Teria que convencer os herdeiros — e, se possível, até mesmo adquirir algumas obras, o que só poderia soar como uma ofensa, tenho certeza, uma ofensa das mais desavergonhadas. Os quadros do Metropolitan, o museu?..., não estão completos; são apenas partes dos dípticos. Estão interessados sobretudo em um deles, do qual possuem apenas a parte direita, do morto, no caso, da morta, uma mulher muito branca e magra, com os cabelos escorridos sobre os ombros, enrolada numa manta florida. Acreditam que seja a mulher do pintor, e que este seja o seu último quadro, já que três meses após a morte dela ele também morreu, enquanto dormia, sem explicações. Porque começou a dormir e não acordou mais. De todos os trabalhos, este talvez seja o mais valioso, não apenas pelo significado do que retrata, a última obra da vida daquele homem, uma "ode à paixão" [ele riu], como disseram os curadores aos membros do conselho do museu, mas pela excelência da pintura, o ápice de sua genialidade pictórica. Querem a outra parte, a esquerda, a dos banhistas ao sol, as testemunhas. O museu acredita que o resto do quadro só pode estar com a família. Foi vendido desmembrado de propósito, quando passavam por dificuldades, para que sempre pudessem contestar a imperfeição da obra, com base no fato cabal de estar incompleta, até o mais idiota dos curadores pode afirmar isso sem hesitar, com uma simples passada de olhos. Venderam ao empresário americano a parte esquerda de um díptico com a direita de outro, como se fossem um único trabalho. Oficialmente, vim procurar o resto, a outra peça do quebra-cabeça. Para o museu, o importante é achar a parte esquerda, que acompanha a mulher morta. As testemunhas, os banhistas ao sol, *The sunbathers* [ele disse, em inglês], sua obra máxima.

Tentei abrir os olhos (embora a cabeça explodisse). Demorei a falar, porque achei que não estava entendendo, não era possível. Disse que já tinha visto uma vez um quadro como aquele que ele descrevera, num apartamento da praia do Flamengo, que se chamava justamente *Os banhistas ao sol*, mas era uma cópia, pelo que me disseram. Abri os olhos quando falei e pude ver a expressão do monstro. Achei que ficaria interessado, me faria perguntas. Mas não. Esqueci que já havia falado no táxi; ele já sabia, como depois relatei ao Jorge. O mundo é cem por cento sexo, disse uma vez o Jorge. Só depois fui entender que, quando o americano calou, todo o tempo que passou em silêncio a caminho do terreiro de macumba, por exemplo, já era por estar perdido na mais mirabolante elaboração de um plano, e mesmo antes.

Ele continuou a falar: um ano antes tinha sido procurado pela família do pintor. Primeiro, queriam saber exatamente o que havia nos depósitos do Metropolitan, o museu?..., estavam interessados na catalogação da obra, mas aos poucos foi percebendo que queriam mais. Depois de vários encontros, quando sentiram que já podiam confiar nele (''O mundo é apenas uma questão de confiança; não confio em ninguém'', ele disse), eles o convidaram para almoçar num pequeno restaurante vietnamita em Chinatown, onde não seriam vistos por ninguém, e lhe fizeram uma proposta, segundo ele, irrecusável. Um milionário brasileiro, amante das artes mas que preferia manter seu anonimato, estaria por trás da operação. Ofereceram-lhe quinhentos mil dólares para roubar um dos quadros do depósito do Metropolitan, o museu?... (ele repetia, para se certificar de que eu sabia do que estava falando), a imagem da mulher morta, e trazê-lo para o Brasil. Ninguém desconfiaria dele. Ele se virou para mim. "As instruções levam até o quadro, você entende?", disse, "não podem cair em mãos estranhas." Perguntei por que ele não ia na frente, já que sabia onde tinha escondido o quadro, bastava chegar antes. "Você não entende", disse, "o quadro está no porão de um cargueiro que chega ao Brasil dentro de um mês. As instruções contêm o nome do navio, a data de chegada, o porto, além dos códigos para a retirada da tela e sua liberação na alfândega. Tudo foi minuciosamente organizado. Só eu tenho essas informações." Eu disse que era improvável que quem quer que achasse a sacola no táxi conseguisse entender do que se tratava. Ele respondeu que não podia correr riscos. Perguntei por que então tinha aceitado um risco tão grande (o próprio roubo), por tão pouco. Afinal quinhentos mil dólares talvez não valessem o risco de ser pego. Foi quando me contou a história de sua vida, eu acho, porque minha cabeça explodia e já não me lembro exatamente da ordem das coisas. Era filho de poetas de San Francisco, ambos alcoólatras, que o abandonaram ainda criança aos cuidados da avó para irem morar numa aldeia de índios no Arizona. Não ouvia falar dos pais havia cinco anos. Sabia que agora moravam em San Francisco. Quis ser artista por causa deles, por causa dos valores que lhe incutiram, talvez inconscientemente, disse, para tentar agradar-lhes de alguma forma, aproximar-se, quando não era esse o seu talento nem a sua vida, até ter de se render à evidência de que, mais uma vez, tinha caído na armadilha deles, mais uma vez tinha tentado corresponder-lhes anulando a sua própria identidade, já tão fraca, aqueles pais não precisavam se esforçar muito para destruí-la. Quis ser artista porque os pais que o abandonaram lhe passaram aquela imagem, o condenaram àquilo, quando podia ter sido banqueiro, advogado, ter trabalhado numa firma de investimentos (tinha mentido no táxi), como todo mundo em Nova York, todo mundo, um jogo para adultos, disse. "Mas não, fui bater onde não era chamado", disse, "e continuei batendo até que a família do pintor me fizesse a proposta, despertando-me para o meu verdadeiro talento." Tinha freqüentado uma universidade ao norte do estado de Nova York. Descobriu a arte, o mercado e o sexo ao mesmo tempo. E desde então não conseguiu mais separá-los. Ao se formar, procurou Andy Warhol, seu ídolo, em Nova York, com o objetivo de conseguir uma exposição dos seus trabalhos (pintava paredes que em seguida transportava para dentro das galerias e expunha como quadros). Teve que passar pela cama de muita gente (o que os outros costumam chamar de contatos, disse) até conseguir um mero emprego burocrático no Metropolitan, o museu?... Parou de pintar ao mesmo tempo em que via seus colegas de geração alcançarem um sucesso estrondoso, e isso se prostituindo bem menos que ele. A arte, o mercado e o sexo ficaram como os símbolos do seu fracasso, que não entendia e o revoltava. "Esta é a minha vingança", disse. "Só percebi muito tarde que a minha única arte era a vingança", disse. "É normal. É uma arte que precisa de maturidade, tempo e experiência; é preciso ter do que se vingar", disse, "a vida te oferece oportunidades, te leva aonde você nunca pensou em ir, quando poderia ter imaginado que ia vingar a arte?, que o meu talento era vingar a arte?, poderia haver arte maior?", perguntou, olhando fixo para mim, eu imaginei, porque estava de olhos fechados.

Não sei como surgiu aquela história de língua. Ele colocou a língua para fora. Estava toda manchada, como se tivesse sido desenhada, como o próprio corpo. "Está vendo esses desenhos?", ele perguntou. Abri os olhos. "Também pensei que fossem uma doença quando os percebi pela primeira vez", disse. "Fui ao médico. Ele chamou a enfermeira: 'Venha ver um caso de língua geográfica', disse. São casos raríssimos, de línguas desenhadas. Nasci assim, mas não sabia. Foi o Andy [estava falando do Warhol] que me falou pela primeira vez da minha língua. Queria fazer um filme sobre ela. Minha língua lambendo tinta e pintando uma tela por seis horas ininterruptas. Tive um choque quando descobri que tinha a língua geográfica. Você vê?", disse, colocando de novo a língua para fora, "são como países, continentes." Depois, também sem quê nem por quê, voltou a falar do pintor brasileiro, de como, durante um ano, arquitetou seu plano para tirar a tela que retratava a mulher morta do depósito do Metropolitan, o museu?... E, no final, quando a manhã já vinha nascendo, virou-se para mim, com a cabeça recostada no travesseiro e as duas mãos na nuca, e arrematou: "Que língua eu tenho!".

Foi só depois de ele sumir, de manhã, que comecei a me sentir perseguido. Quando acordei (o que fiz com dificuldade), estava sozinho. Já não estava mais lá, ao meu lado. Tinha desaparecido. Liguei para o número que tinha me dado — o cliente, eu havia pensado, mas agora, com tudo o que tinha me dito, mudei de idéia, podia muito bem ser um dos apartamentos do milionário que o contratou — e disseram que não o viam desde a véspera, quando saiu dizendo que ia se encontrar comigo. Desapareceu sem nem ao menos recuperar as instruções do quadro, que tinha esquecido no táxi. Eu não sabia o que fazer. Seu desaparecimento para mim foi um choque, me pegou desprevenido. Não sabia nada dele, não tinha nenhuma pista. Em desespero de causa, e podendo passar por louco, o que ainda não era o caso, eu supunha, peguei o telefone e disquei o número da testemunha, a mulher gorda que, ao que tudo indicava, pelas descrições do americano — e juntando uma coisa com a outra na minha cabeça —, possuía em seu apartamento do Flamengo, talvez sem saber, mas não era possível, uma cópia de um dos quadros do pintor.

A voz era dela, sem dúvida. Pegou o telefone e disse alô. A mesma voz guardada nos arquivos da rádio, a mesma que reconheci quando abriu a porta do apartamento do Flamengo, vinte anos depois do acidente. Perguntei se lembrava de mim. Foi muito simpática a princípio mas, não sei se já era a minha cabeça, mudou de tom quando expliquei as minhas razões. "A senhora sabe aquele quadro que seu avô copiou?", perguntei, e lhe contei toda a história do rapaz americano. Disse que havia uma outra parte do quadro e que as instruções levariam até ela. Não sei por que imaginei que pudesse me ajudar. Ela disse que não podia, que aquela história lhe parecia um absurdo completo (acho que chegou a perguntar se eu estava louco, ou enlouquecendo; o fato é que repetiu umas cinco vezes: Isso é uma loucura, isso é uma loucura, isso é uma loucura, isso é uma loucura, isso é uma loucura) e desligou. No dia seguinte, quando saí para o quartel, já senti alguma coisa diferente, que não era a minha cabeça explodindo, mas alguém me seguindo, tenho quase certeza, embora todo mundo me dissesse que só um louco pode afirmar tão categoricamente a realidade do que sente, e por isso mesmo eu não o fazia. Não me pareciam alucinações. Havia sempre um carro atrás do meu carro e um vulto atrás de mim. Contei ao Jorge na noite em que passou lá em casa para jantar. Foi o único a quem revelei aquele delírio. Acho que gritei: "Estão me seguindo! Estão me seguindo!", gesticulando muito. Ele arregalou os olhos. Sabia do tumor. Naquele mesmo dia, alguém tinha me seguido no estacionamento de um banco e, quando olhei para trás, tive a nítida sensação de ver a testemunha, com uma saia preta na altura dos joelhos, que se esgueirou entre as colunas, desaparecendo por um corredor secundário, ao se dar conta de que tinha sido desmascarada. O Jorge deu uma gargalhada. "Eu sei o que você está pensando", eu disse, "mas tenho uma teoria. É apenas uma teoria, uma hipótese, mas que explica tudo. Veja só: convenhamos que quinhentos mil dólares não sejam nada para alguém se arriscar roubando e contrabandeando um quadro sobre o qual todas as atenções estão prestes a recair. Digamos que esse americano tenha sido um pouco mais esperto do que esperava a família do pintor quando lhe fez aquela proposta que ele chamou de irrecusável, embora ao meu ver sem grande convicção. Talvez não na hora, mas depois, quem sabe?, quando já estava no meio do processo, inebriado pelo risco e pelo crime. Talvez tenha mudado de idéia. Digamos que tenha pensado em algo mais que quinhentos mil dólares. Já estava correndo riscos; não tinha muito a perder. O que ele fez? Digamos que tenha mandado o quadro para o Brasil, mas pensando ainda em renegociá-lo, se não com a própria família e o milionário, com qualquer um que se mostrasse interessado. Já estava decidido, preparado para a renegociação, quando encontrou por acaso um trouxa que lhe disse ter visto uma cópia da outra parte do díptico. Ora, pela história que me contou, me parece óbvio que não existem cópias e que essa história de reprodução é apenas mais uma tática paranóica da família para proteger os originais da atenção do mundo. É a própria parte esquerda do díptico que está na casa da testemunha, no apartamento do Flamengo. E ele logo viu quando lhe contei. O que ele fez? Inventou toda essa história de ter esquecido as instruções no táxi. Ora, a empresa de táxi me ligou dizendo que acharam a sacola. De fato. Mas não havia instruções coisa nenhuma. Ele queria que eu ligasse para a testemunha e lhe contasse essa história de instruções. Foi uma forma de desviar as atenções para que pudesse fugir. Tanto que desapareceu da noite para o dia. Se estava tão preocupado com as instruções e nas mãos de quem elas podiam cair, por que nunca voltou para pegá-las? Talvez já tivesse negociado o quadro com alguém e só precisasse despistar a família. Talvez tivesse uma idéia melhor para o quadro do que entregá-lo de volta aos familiares do pintor. Agora eles estão no meu encalço, atrás dessas instruções hipotéticas, enquanto ele desaparece mais uma vez com o quadro, a parte direita do díptico, roubando não apenas o museu mas os próprios ladrões.'' O Jorge ouviu tudo calado. Ele me perguntou se em nenhum momento havia passado pela minha cabecinha que tinha sonhado tudo aquilo. ''Não, eu ouvi, eu ouvi'', retruquei. Ele tentou ser paciente. Me perguntou se não tinha passado pela minha cabecinha que eu podia ter falado durante o sono (desde que descobriram o tumor, talvez pelos remédios, não paro de falar durante o sono), contando ao americano todo aquele meu delírio, que ele resolveu me repetir em seguida, como se fosse realidade. ''Quantas histórias eu já não ouvi você contar dormindo?'', disse o Jorge. Eu já não sabia como refutar. Ele me perguntou se não tinha passado pela minha cabecinha que, como disse a testemunha ao telefone, aquela história toda era um absurdo, e que ele podia ter inventado tudo só para me seduzir, um mitômano. Eu não sabia mais o que dizer. Perguntei se estava com ciúmes. Ele se levantou e foi embora, puto. Não estava bêbado naquela noite. Apaguei as luzes e ainda rondei um bocado pelo apartamento, para não fechar os olhos, para não correr o risco de contar mais nada a ninguém.

Não contei para o Jorge quando tive a impressão de vislumbrar a testemunha dias depois mais uma vez atrás de mim.

Eu vinha pela Visconde de Pirajá quando tive de novo aquela sensação (era como uma respiração ofegante às minhas costas, como o Bob subindo as escadas do hospital atrás de mim na noite em que tiraram o tumor da cabeça da minha mãe). Olhei para trás e vi a testemunha, aquela mulher gorda. Dessa vez tive certeza. Fingia que olhava vitrines. Mas estava no meu encalço. Preferi não comentar com ninguém. Talvez os efeitos do tumor já começassem a se manifestar no meu comportamento. Aquela segunda visão me fez lembrar da carta que o psiquiatra me entregara. Eu já tinha adiado ao máximo. Não podia estender mais aquela espera, ainda mais se o tumor estivesse se manifestando. Meu medo era esquecer a carta, como o neurologista disse que esqueceria de mim mesmo, não saber mais o que aquilo significava, aquele envelope fechado que eu guardava na gaveta da mesa de cabeceira, e aquele homem que era eu, as promessas que tinha feito. Não podia esperar nem mais um dia. Comprei a passagem para Los Angeles. Não avisei ninguém. Não pedi licença no quartel. Ia encontrar finalmente a mulher que me colocou de volta no mundo, por uma sincronia do acaso mas também contrariando-o, já que, ao que tudo indicava, a sorte parecia ter decidido que para mim o melhor era não ter nascido e, uma vez no mundo, morrer o quanto antes.

3

AS NUVENS

Era um descampado, uma paisagem desolada. Podia ser uma praia ou um deserto. Era um céu completamente azul, à exceção de algumas nuvens esparsas que corriam manchando a terra com suas sombras, e a luz alaranjada de inverno refletia nos pára-brisas dos carros que passavam na estrada ao longe. Um carro se aproximou. Uma mulher gorda desceu, acendeu um cigarro. Colocou a mão sobre os olhos e levantou a cabeça para o céu em busca do sol que uma nuvem escondeu. Esperou encostada à porta. Estava nervosa. Fechou os olhos quando a nuvem deixou o sol reaparecer, e continuou com a cabeça levantada para o céu. Volta e meia olhava para longe, para a estrada. Um outro carro se aproximou e parou ao lado do dela. Um homem desceu. Ela jogou fora o cigarro, que incendiou um pequeno tufo de capim seco, um fogo-fátuo. Falaram qualquer coisa. Não tinha a menor importância. Ela tirou um papel do bolso e lhe entregou. E ele leu:

"Esta carta não trará o teu nome nem o meu. Sabes do que estou falando. Poderia ameaçar, fazer todo o tipo de pressões, mas sei que todos perderíamos, seria um suicídio coletivo. Sabes o que tenho a perder como político e sabes o que tens a perder. Compreendo o que sentes, o choque e o escândalo, mas pode ser ainda pior. Sei o que passaste e peço a tua compreensão, que ajas menos como magistrado e mais como ser humano. O que vou te pedir não é muito, nem está fora do teu alcance, todos sabemos. Só por isso é que te peço, mesmo estando envolvido o corpo da tua sobrinha. Ela já tinha partido e nada sofreu. Tenta ultrapassar as convenções, ainda que uma única vez, em nome de algo mais humano. Não te ofendas. Esquece os costumes, o que pensarão de ti, só hoje, só esta vez. Ainda que te pareça obsceno este pedido, nestas circunstâncias, sobre o corpo da tua sobrinha. Somos como nuvens. Elas passam e se misturam, se confundem umas nas outras. Não vamos ficar. Não podemos nos agarrar a nada. Conheceste o Hélio ao nascer e acompanhaste o seu crescimento. Embora não tenhas tido um filho, sei, sempre soube pelo teu olhar, que compreendes o sentido mais profundo da paternidade. Foste testemunha do amor que nutri por aquela criança; acompanhaste os momentos mais felizes daquela infância. Agora só te peço que acompanhes com a mesma compaixão os passos equivocados do jovem adulto, que tentes compreender os erros da juventude, a fantasia e a utopia que tão freqüentemente a alimenta, por vezes a desnortear esses jovens dispostos a chegar às últimas conseqüências em nome de um ideal. Não errei ao educá-lo. Queria que tivesse a liberdade e a coragem para a escolha, o que consegui, creio eu. Em momento algum lhe disse que escreveria esta carta. Ele está disposto a arcar com todas as conseqüências de seus atos. Não digo que esteja inconsciente, mas inebriado pela vitalidade de sua juventude. Como os outros. Não os reprovo. Quantas vezes em tua juventude não tiveste, tu também, o ímpeto de tudo romper em nome de essências mais profundas, para ser justo com a tua verdade? Por mais difícil que seja para nós entendê-los, é só isso que te peço, que percebas por trás das aparências morais de nossa pequena sociedade e das regras que, eu entendo, precisam ser respeitadas, a impetuosidade desses jovens como um erro inocente. Não te peço que entendas suas ações como um rompante inconseqüente em nome de uma verdade mais verdadeira, que é como acabei por vê-las, não sem um grande esforço que fui buscar nos recônditos mais profundos da minh'alma em nome do amor que tenho por essa criança, hoje um adulto, meu filho. Não te peço muito. Apenas que tentes compreender dentro dos teus limites o que fazem esses jovens. De fato, não sabem o que fazem, mas o que sabem não é mau, não é por mal, é para o bem, é por amor e por amizade. O que te parece escabroso é na realidade uma homenagem, uma cerimônia, estranha sem dúvida, mas ainda assim uma cerimônia, ou um ritual. Não posso te explicar o que não entendo, mas sinto o dever de fazê-lo quanto ao que está dentro dos limites estreitos da minha humilde compreensão, já tão alargada, devo confessar, pelo amor que tenho por esse homem, meu filho. Vais me dizer que eu compreenderia tudo o que viesse dele, porque sou pai, mas estás enganado. Só posso pedir-te que acredites em mim. Eles não mataram ninguém. O que alegam os outros é uma calúnia, cujas conseqüências são inimagináveis. São os que acusam que querem matar. Não te deixes levar por um 'demônio pintado'. Conheceste esses meninos. Tua sobrinha estava morta e tu bem sabes disso, que morreu por causas que, se não podem ser chamadas de naturais, estão em todo caso fora do âmbito de responsabilidade desses jovens. Nem todo o meu amor teria sido suficiente para tornar-me complacente em relação a um crime, a uma violência contra o ser humano. Se vês crime no que eles fazem é porque respondes a um código moral, és um homem de bem. Mas também porque foste enganado. Não faço a apologia, mas o que fazem, por mais inconseqüente ou imoral aos olhos desse código, em nada atenta contra a integridade do ser humano. Fizeram um pacto e estão cumprindo com suas palavras. Vocês dizem 'um pacto de morte', mas eu preferiria chamá-lo de vida. Não precisas ir buscar exemplos em outras sociedades exóticas ou primitivas. Sabes muito bem que altas autoridades em nosso próprio país cometem com cadáveres atos muito piores do que simplesmente pintá-los, para não mencionar o que fazem com os vivos. Não digo isso para isentar-me. Tenho tudo a perder com esta história. Sabes perfeitamente que minha carreira estará acabada. Peço-te como amigo que não deixes este caso seguir adiante, até quando será tarde demais para todos nós. Pelo amor de Deus. Se preciso for, disporei de todos os meios para tentar impedir o escândalo. Sabes do que sou capaz, e o que tens a perder também. Peço-te que reflitas com calma sobre o que te digo, e que não te precipites, ainda que tudo pareça tão extremo e chocante, e que envolva o corpo da tua sobrinha. Tens a minha palavra de que, abafado o escândalo, se decidires por abandonar esta idéia louca de processo, nada desta estranha história virá jamais à tona''.

''Elas sempre vêm à tona'', replicou a mulher gorda. ''De alguma forma, são sempre desenterradas. Está vendo a carta? Na verdade, meu avô era o pintor. Esta carta foi escrita pelo pai dele, meu bisavô, o senador. Minha mãe a deixou ao morrer, como um documento, e uma outra, de próprio punho, onde me pedia para recuperar a parte do quadro que tinha vendido ao empresário americano, o magnata do papel, a parte direita da verdade. Quando me deu esse quadro (a parte esquerda do díptico), disse que era uma cópia, mas nos olhos dela eu vi o que queria dizer realmente com aquilo, sabia que eu não tinha esquecido, nem podia, quando me entregou o quadro, só a parte esquerda da verdade, porque tinha vendido a outra, o retrato de minha avó morta. Na época disse que precisava do dinheiro e um empresário americano, ouvindo falar da história do grupo de artistas no Rio de Janeiro do início do século, estava disposto a pagar qualquer preço pelo quadro, mas não era por necessidade que ela vendia, não podia mais viver com aquele quadro, não suportava sua presença, mesmo embrulhado, escondido atrás de um armário do quarto de hóspedes, precisava se livrar dele. Quando me deu a outra parte, a esquerda, com os cinco banhistas ao sol, me disse que era uma cópia, queria esquecer o que era na verdade, e eu recebi aquela tela em silêncio, como se não soubesse de nada, como se não me lembrasse, embora soubesse que nos meus olhos ela também via o que eu sabia, me entregou o quadro como se me entregasse a verdade, dez anos depois de ter vendido a outra parte ao americano. Enganou-o também. Vendeu o retrato de minha avó morta com uma outra parte esquerda, de um outro díptico, como se fosse uma coisa só, uma única obra. Eram duas incompletas. Para ela, era uma forma de entregá-las ao mundo sem entregá-las de fato, porque aquela não era a obra, não representava o que tinha realmente acontecido. Ela me deu o quadro como se eu não me lembrasse. Minha avó morreu de repente, mas só depois fui entender o que tinha acontecido. Sabia apenas que meu avô era artista. Só quando atingi a maioridade me contaram sobre o pacto do grupo, o pacto de morte entre aqueles artistas, que durou do início do século até a morte da minha avó. Terminou com a morte dela, e a dele meses depois, quando começou a dormir e não acordou mais, só que ninguém o pintou. Não era à toa que minha mãe não podia suportar aquele quadro. Nasci numa família de artistas. Minha mãe também pintava. Não freqüentou nenhuma escola. Meu avô lhe ensinou a pintar. E depois da morte dele, tudo o que ela conseguiu fazer foram nuvens, incessantemente, quadros cobertos de nuvens, até não haver mais que uma única superfície branca, que se de início tinha como objetivo tapar o sol, proteger de tanta luz, acabou por tornar-se tão ofuscante quanto ele. Não era para menos. Aquele quadro a transformou e marcou o fim da minha família. Depois daquele quadro nada mais podia fazer sentido. Quando minha avó morreu, meu avô se jogou aos pés da cama. E só conseguiram tirá-lo dali à noite. Ao final do dia, minha mãe se aproximou dele e fez a única pergunta: se ele queria pintá-la. Foi a pergunta que desencadeou tudo. Mal ela havia pronunciado aquela frase e o seu rosto já estava coberto de lágrimas. Ele fitou a filha com os olhos suplicantes. Em apenas algumas horas meu avô tinha virado um farrapo humano. Naquela mesma noite, começaram a arrumá-la. Passaram a noite no quarto. Os cabelos, a maquiagem. Colocaram-lhe um vestido azul e cobriram-lhe com um manto florido. Eu não podia deixar de ter assistido àquilo tudo, sobretudo no dia seguinte, quando três amigos do meu avô chegaram de madrugada para ajudá-los a levar minha avó morta. Não sabia para onde iam, mas imaginava. Quando minha mãe morreu, vinte anos depois, deixou-me uma carta, onde se dizia arrependida de ter vendido uma das partes do díptico a um empresário americano, explicava suas razões, que não tinha sido por necessidade, e me pedia que o recuperasse a qualquer preço. Na carta ela contava o que tinha acontecido quando saíram de casa levando minha avó morta. Ela e os quatro velhos em dois carros até a Barra da Tijuca, deserta naquela época. Colocaram-na sentada numa cadeira na areia. Fazia parte do pacto dos artistas que os mortos fossem pintados ao ar livre, que fossem transportados para a paisagem que lhes serviria de cenário, dentro do procedimento mais realista e acadêmico possível, com cavalete e tudo. A arte era essa: o esforço de trazer os mortos de volta para o mundo dos vivos, que posassem como modelos vivos. Eles a tiraram do carro e a colocaram sentada na cadeira na areia, armaram o cavalete e sentaram meu avô diante da tela, a alguns metros da mulher morta. Minha mãe o ajudou com as tintas e os pincéis. Estava ao seu lado. Os três amigos velhos observavam mais atrás. Meu avô levantou o braço. O vento despenteou o cabelo da minha avó morta. Ele levantou o braço com o pincel numa das mãos e nessa hora começou a tremer. Não conseguia tocar a tela com o pincel. Ficou com a mão parada no ar, trêmulo, enquanto os outros observavam. Começou a chorar. E de repente, sem que tivesse notado, o pincel tocou a tela e ele começou a pintar. Minha mãe, que estava atrás dele, guiava sua mão. Os dois pintaram juntos o retrato da minha avó morta. Primeiro ela apenas apoiou o braço dele, mas depois passou a guiá-lo e, por fim, quando, exausto, ele deixou o braço despencar, ela terminou a pintura sozinha, sob os olhos dele em lágrimas. Ficou horrorizada ao terminar. Foi só aí que acordou para o fato de que tinha o corpo de sua mãe morta sentado diante de si, como um modelo vivo. Tiveram que ampará-la. Depois desse dia, minha mãe dormiu quarenta e oito horas, e três meses depois meu avô morreu sem explicações, dormindo um sono que já durava duas semanas. E ninguém nunca soube que, no fundo, foi ela que pintou aquele quadro. Por isso não podia suportar aquele retrato, que ficava guardado atrás de um armário, até o empresário americano comprá-lo, acreditando que levava as duas partes, quando na realidade o lado esquerdo, que representava os cinco, minha mãe, meu avô e os três amigos, como banhistas ao sol, e que foi pintado depois, nunca saiu lá de casa, eu o ganhei de presente, como se fosse uma cópia, mas no fundo eu sabia, sempre soube. Quando minha avó morreu, no dia em que a colocaram sentada na cadeira como um modelo vivo, um dos amigos do meu avô entregou a minha mãe uma caixa com uma série de documentos e retratos. Havia minha avó e meu avô na juventude, posando na praia. E havia aquela carta que o desembargador e senador, meu bisavô, enviou ao tio de uma moça que tinha sido retratada pelo grupo de artistas depois de morrer com um sopro no coração. Quando meu avô leu aquela carta, só muito depois da morte do pai (no dia seguinte à morte da minha avó), compreendeu alguma coisa que nunca tinha entendido antes. Teve uma iluminação, segundo minha mãe, e conseguiu pintar o último quadro, *Os banhistas ao sol*. Mas nunca entendi o que queria dizer com aquilo. Minha mãe me disse que foi aquela carta que o matou e não a morte da minha avó. Nunca entendi por quê. Para mim era uma carta como qualquer outra. Na noite em que começou a dormir, ele pediu a minha mãe que queimasse a carta. Não sei por que ela nunca o fez. Na carta que me deixou ao morrer, onde pedia que recuperasse a qualquer preço o retrato de minha avó morta, falava também da outra carta, do meu bisavô. Dizia que eu nunca deveria me separar dela, por nada neste mundo, que devia lê-la sempre que preciso, para que não caísse na mesma armadilha que eles. Só aquela carta podia me impedir de despencar no abismo que me chamava, segundo ela. Nunca entendi por quê. Às vezes pego a carta para ler. Sem que eu entenda a razão. Tornou-se um amuleto para mim. Quando nada mais faz sentido, leio a carta. Fico calma. A carta é a vida em segundo grau; expurga o mal que me persegue de família, eu acho, só pode ser de família. Pela carta, é como se tudo fosse mentira, tudo tivesse sido inventado. Nada disso a minha volta fosse verdade. É o que me faz voltar a respirar. É o contrário daquele quadro, o retrato da minha avó morta, a parte direita da verdade, que agora eu tenho que recuperar a qualquer preço, custe o que custar, disse minha mãe. Antes de morrer, disse que sempre que a visão do quadro se tornasse insuportável, eu devia ler a carta, que era um antídoto, já podia reaver o quadro agora que tinha o antídoto. E eu leio. Não sei antídoto de quê, nem como funciona, mas eu leio. Quando encontrarmos o quadro, terei que estar com a carta. Antes de vê-lo, terei que ler a carta. Para me proteger. Você entende? Liguei porque recebi um telefonema hoje, um tolo — o que é o acaso! —, e acho que temos uma pista. O preço continua sendo o combinado. Mas acho que agora você terá o trabalho facilitado. E quero estar junto. Não se preocupe, eu já disse, o preço continua sendo o mesmo. Mas irei aonde você for atrás desse quadro. Preciso vê-lo. Não posso morrer sem vê-lo. Preciso que me ajude a encontrá-lo, agora que temos uma pista. Custe o que custar. Tenho que vê-lo antes de morrer. Irei com você até o fim do mundo se preciso for."

4
A BRASILEIRA

Do outro lado da rua, na esquina, naquela casa branca, morou uma brasileira, por uns cinco anos pelo menos — porque já estávamos lá quando chegou, éramos vizinhos; meu pai havia comprado o bangalô, que era como a gente o chamava, por uma ninharia, estava em inventário e os herdeiros brigando precisavam do dinheiro com urgência, e por anos nós moramos em frente àquela casa, que ficou abandonada até ela voltar —, sozinha, até o dia em que apareceu um homem, o morto, na rua, semanas depois do terremoto, e ficou parado na calçada por mais de uma hora, até ela se dispor a sair de lá de dentro e falar com ele (porque já o esperava), depois de ter ficado na janela por pelo menos metade do tempo que ele passou ali em frente, a observá-lo em silêncio e imóvel, como se não o visse, ele fosse transparente e ela estivesse olhando para um inseto pousado no vidro.

O que aconteceu naquele dia foi ao mesmo tempo simples e inacreditável — e, a princípio, incompreensível, pelo menos para mim, que voltava de bicicleta —, quando ela saiu da casa para falar com o homem, o morto, com a mão sobre os olhos para proteger-se do sol, e ele lhe entregou um envelope. Ela nunca saía. Para mim, era como se aquela fosse a segunda vez em anos, desde que chegou num dia de verão, num carro azul. Vi as duas cenas, ao contrário de muita gente que nunca nem chegou a vê-la, embora não possam viver sem repetir a história sempre que passam diante da casa da esquina, agora que está vazia de novo. Da primeira vez, eu tinha dez anos, e vi quando desceu do carro com aquela peruca loura, os óculos escuros e a calça de couro preta, que diziam na rua ser uma camuflagem, embora hoje ninguém mais se lembre. Vi as duas vezes em que apareceu fora da casa, ao sol, com um intervalo de cinco anos. Primeiro quando chegou, depois no dia em que surgiu aquele sujeito, o morto, e os outros, que procuravam um quadro. Tentei dar um sentido ao que vi. Mas só vi as duas cenas, o que é pouco, eu concordo, o resto é uma mistura do que imaginei e do que me contaram depois. Quanto menos falar dela, melhor. Porque de qualquer jeito não há o que dizer. Tudo está agora na minha cabeça. Por mais que eles procurem, não vão encontrar nada. Está tudo na minha cabeça. Ninguém vai responder aos apelos no rádio.

Na verdade, não era brasileira. Não tinha nada de brasileira. Era chamada assim pela gente da rua porque tinha morado no Brasil, pelo que diziam, durante anos, antes de o marido desaparecer. Foi o que ouvi quando voltou sozinha. Imagino que tenha descido do avião por uma escada no meio da pista — e não através dos tubos (que aqui eles chamam de dedos, *fingers*, me disse a funcionária) em que os passageiros costumam ser protegidos da chuva e da neve, mas que aqui (onde não há) só pode servir para protegê-los do sol, eu disse à funcionária, e ela sorriu. Desceu do avião com aqueles óculos escuros, a peruca loura comprida e lisa e a calça de couro preta e muito apertada. Veio para não ser reconhecida — e o advogado que foi esperá-la no aeroporto não a reconheceu, depois de tantos anos, mesmo quando a viu no saguão, no meio dos outros passageiros, procurando alguma coisa dentro da bolsinha preta e quadrada que trazia a tiracolo, ele disse. Diziam, na rua, que tinha incorporado a camuflagem depois de tantos anos, mas ninguém sabe exatamente de onde tiraram essa idéia, que precisasse de uma camuflagem, que aquela não fosse, no fundo, ela.

Chegou num dia de sol, no verão, quando até olhar para o concreto das calçadas ofuscava — daí os óculos escuros, segundo o advogado, enquanto ela caminhava entre os outros passageiros pela pista cintilante do aeroporto, eu imagino. Imagino que tenha caminhado com os outros passageiros, do avião até um ônibus que os esperava com as portas abertas. Mas que, ao contrário dos outros, que entravam no ônibus, perdida, ensimesmada e sonâmbula, que foram os adjetivos usados pelo próprio advogado (apenas comentava o estado de espírito em que ela havia chegado a Los Angeles), tenha continuado reto, sozinha pela pista do aeroporto, agora entre os aviões que taxiavam. Imagino que uma negra muito gorda, a serviço da companhia, que recebia os passageiros ao pé da escada do avião e lhes indicava o caminho do ônibus, ao vê-la se afastando, tenha se esquecido dos outros para segui-la, primeiro com os olhos, espreitando-a de longe, para depois se aproximar — quando viu que tinha realmente se desgarrado dos outros —, parar a alguns metros e dizer: "Sister!". Que tenha sido uma única palavra. A coisa mais inusitada. Sem pensar, que tenha dito. Imagino a brasileira parar de repente com o que ouviu, ficar imóvel por um segundo, ainda de costas, e se virar para a outra (que as duas tenham ficado paradas, frente a frente, separadas por alguns metros, caladas). Ela teria levantado os óculos pela primeira vez: seus olhos estavam cheios de lágrimas por causa de tanta luz, como deve ter visto a funcionária, que lhe estendeu o braço direito e, com o outro, indicou-lhe o caminho de volta para o ônibus, sempre em silêncio. Ela pareceu acordar. Estava de volta. Baixou os óculos e, ao retomar o caminho do ônibus, para aquela funcionária pelo menos, que agora já deve estar aposentada (segundo a outra, com quem falei) e talvez ainda se lembre do uniforme que usava e que guarda pendurado num armário, foi como se caísse novamente numa espécie de torpor.

O carro azul parou em frente à casa branca, na esquina, a casa que esteve vazia por muitos anos, e ela desceu com o advogado, estendeu-lhe a mão para cumprimentá-lo e ele quis abraçá-la depois de ela lhe dizer alguma coisa. Quis abraçá-la por compaixão, ele me disse, mas ela se afastou, não por desprezo, talvez, mas por amor-próprio, por um tipo de orgulho, eu imagino. Hoje, ninguém se lembra da peruca loura, dos óculos escuros ou da calça de couro. De certa maneira, naquele dia, ela era só uma espécie de fantasma que voltava, só um vulto, um borrão para os outros, mas para mim era impossível não vê-la.

Quanto menos eu falar dela, melhor. Porque não entendo para o que pode servir. Só vi as duas cenas. Ouvi o que me contaram depois. E o resto eu imaginei. Foi para o Brasil, por causa do marido, no final dos anos 50. Era muito ingênua. A vida estava começando. Era jovem e recém-casada e aquilo lhe pareceu uma aventura. Era filha de judeus húngaros que imigraram para Los Angeles antes da guerra. Tinha acabado de se formar. Conhecera o marido havia apenas dois anos, na universidade. O filho único de um magnata do papel e de uma brasileira. Assumir os negócios do pai no Brasil era para ele ao mesmo tempo um teste e uma passagem natural para em seguida dirigir a empresa da família nos Estados Unidos. Era de certa forma o esperado. Tinha passado parte da infância no Rio de Janeiro. Falava português sem sotaque. Saíram para festejar sozinhos num restaurante havaiano horrível, o pior que havia, em Long Beach, onde não pudessem encontrar uma alma viva. Comeram mal, brindaram ao Brasil, beberam até cair e bateram o carro na volta, contra uma árvore que depois, no depoimento, ele disse estar "no meio da estrada", mas em momento algum, nem mesmo quando uma viatura da polícia pediu que descessem (não conseguiam nem abrir as portas), eles pararam de rir, nem um minuto sequer, disse o advogado, que pagou a fiança.

Chegaram ao Rio de Janeiro em junho de 1957. No mesmo dia, foram convidados para uma recepção na casa do sócio da filial brasileira, e um dos filhos do anfitrião, um rapaz bem mais jovem que eles, um adolescente, lhes falou de coisas que nunca tinham ouvido, as mais interessantes e extraordinárias, uma visão de mundo que ela achou fascinante — porque escreveu sobre isso nas primeiras cartas, para logo esquecer —, apenas por lhe parecer exótica. "Você pode imaginar o que é isso?", dizia o rapaz. E ela respondia "Não. Não". O marido pareceu mais desconfiado sobre o que ouvia, de início ficou incomodado com o interesse da mulher, e por isso calou (mas também porque estava exausto da viagem), e não falou mais no assunto, nunca mais, em ocasião nenhuma, embora em seu silêncio tivesse guardado cada palavra, ao contrário dela que, talvez por ter manifestado de início e sem pudores tamanha surpresa, também nunca mais tenha falado no assunto, não por tê-lo introjetado com tanto espanto, como ele, mas simplesmente por tê-lo esquecido. O que esse rapaz despertou no americano foi a possibilidade de uma paixão, não por alguém mas por uma causa. Impressionou-o a ênfase com que falava, o que teria sido visto como descontrole emocional no meio e no lugar de onde vinha, em sua família de fabricantes de papel da costa oeste. Nunca imaginou que alguém pudesse falar assim na frente dos outros, que pudesse fundir-se no que dizia como quem se despe, que não tivesse vergonha de falar, nem do que os outros pudessem pensar, e que no fundo expusesse, em sua exaltação, quase por generosidade, o desespero, a ingenuidade e a vulnerabilidade de sua procura por "um sentido maior que os jogos convencionais, as finanças e os negócios, em que os adultos se apóiam como muletas para a falta de sentido de suas vidas", dizia. O fascínio reprimido do americano atestava a sua própria ingenuidade, uma nostalgia e uma espécie de identificação. Viu naquilo tudo um tipo de beleza.

Ninguém podia dizer que tiveram outros contatos. Além dos eventuais jantares na casa do sócio brasileiro (de onde o rapaz, conforme se tornava um adulto, foi se retirando até desaparecer), nada foi aparente. Não se sabe ao certo em que ponto tudo começou, nem quem tomou a iniciativa, quem primeiro procurou o outro. O fato é que doze anos depois de ter chegado ao Brasil e ouvido o rapaz, ainda um adolescente, falando naquela recepção, o americano recebeu um telefonema, no escritório, e saiu às pressas no meio da tarde, dizendo à secretária que não voltava. Era uma daquelas tardes de junho, com céu azul, quando a cidade é banhada ao mesmo tempo pelo sol e por uma brisa fresca que vem do mar, como contou na carta. Imagino que tenha parado o carro no estacionamento do Museu de Arte Moderna e caminhado pelo gramado até o Monumento aos Pracinhas. Que tenha entrado no mausoléu. E que houvesse um soldado na porta, com um fuzil na mão. Ele teria descido as escadas escuras. Caminhado entre os túmulos dos soldados mortos na guerra. Havia flores encobrindo alguns nomes. Não havia ninguém na sala além dele. No subsolo, esperou por dez minutos. Por fim, imagino que um vulto tenha surgido na escada. Era um homem alto e tísico. Seu rosto estava escondido pela sombra, contra a luz que vinha do alto. Os dois se olharam de longe, em silêncio. O homem se aproximou e o americano prendeu a respiração por um instante. Teve medo. Por um segundo, achou que pudesse ser outro. Era o rapaz, o filho do sócio brasileiro, agora um homem. Tinha a pele do rosto marcada, o que tinha lhe sobrado da adolescência. Estava de terno escuro, com uma gravata bem fina sobre a camisa branca. "Eu não devia estar aqui. Só vim porque era você, e de certa forma me sinto responsável. Nunca iam imaginar que nos encontraríamos aqui", disse, diante do silêncio do americano, que não abriu a boca durante o breve encontro. Um outro soldado armado passou a alguns metros deles, em direção à porta. "Você está correndo perigo de vida", disse o filho do sócio. "Você está entendendo?" Mas não vejo o americano falando. "Desculpe. Não posso ficar mais", disse o rapaz e saiu, deixando o outro dentro do mausoléu. Ao sair dali, minutos depois, o americano não sabia mais para onde ir ou o que fazer, se acreditava ou não, porque não estava preparado para acreditar, seria como tomar a fantasia por realidade, até então tinha agido dentro de um tipo de fantasia, e agora era como se acordasse de um sonho que continuava a se desenrolar, paradoxalmente, na vigília, sugeriu o advogado. Teve a impressão de ter brincado com fogo, e chegou a se arrepender, a dizer "Louco, louco", eu imagino, para si mesmo, enquanto atravessava o gramado de volta ao estacionamento do museu, para depois esquecer. Porque por algum mecanismo psíquico que eu não consigo sequer entender, bastou voltar para casa e encontrar a mulher, comentar seu dia (mas não o encontro no monumento) e ouvir o dela, para não acreditar. Porque só pode ter sido assim. E não acreditou pelos dias seguintes. Não foi uma opção. Não é que não tenha querido acreditar; não podia. Quando foi preso, de alguma maneira, embora no fundo provavelmente já soubesse e esperasse, viveu tudo como uma espécie de surpresa — ou talvez como se continuasse dentro do sonho, sugeriu o advogado. Parecia querer ver até onde podia chegar antes de acordar, estava na carta.

Tudo aconteceu muito rápido, poucos dias depois, disse na carta. Tinham saído de casa pela manhã. Subiram a serra por volta das dez horas. Aquelas festas de São João tinham se tornado uma tradição desde que chegaram ao Brasil. Aquelas noites de São João em que, sob as estrelas, em vez de quadrilha, eles dançavam rock' n'roll, embora estivessem vestidos de caipiras. Na verdade, ficaram mais que o previsto, resolveram ficar. De início tinham pensado que cinco anos seriam suficientes, mas já estavam ali havia doze. Podiam ter voltado; foram ficando naquele país. A idéia era passar o dia no sítio, dormir lá e voltar no dia seguinte, como das outras vezes, voltavam no domingo, no final da tarde, porque na segunda ele tinha que estar no escritório. Ficavam na casa de amigos na Fazenda Inglesa. Não era longe do sítio onde faziam a festa, com a fogueira e as barracas. Começava no final da tarde e prosseguia noite adentro. Passaram o dia na piscina dos amigos na Fazenda Inglesa e, ao final da tarde, começaram a se preparar para a festa. Chegaram ao sítio com o pôr-do-sol. Quando se deram conta de que tinham esquecido os balões, ele imediatamente se ofereceu para voltar e pegá-los, o que talvez tenha sido um erro, pelo menos segundo o advogado que, ao meu ver, nunca chegou a entender que era inevitável. Pegou as chaves do carro e saiu. Ninguém prestou muita atenção naquele gesto (ou fingiram não prestar, porque alguns já sabiam), e a própria mulher, a brasileira para mim, que ajudava nas barracas, não o viu sair. Por muitos anos tentou se lembrar da última vez em que se viram, em que se beijaram, da última imagem que tinha dele, como escreveu numa carta a uma amiga em Los Angeles bem antes de voltar, e tentando lembrar passava por várias noites no Rio de Janeiro, por um mês de chuvas, pelos verões, por um dia de sol igual aos outros, mas sem nunca chegar à última imagem, ao instante a partir do qual não mais o viu. Desapareceu fantasiado de caipira.

O carro foi achado horas mais tarde, abandonado na estrada do Contorno. Não havia batidas ou arranhões. A chave ainda estava na ignição e a porta tinha ficado aberta. Só descobriram o carro a altas horas, depois de a brasileira ter percebido, de repente, que já fazia muito tempo que ele tinha ido buscar os balões. As mulheres a cercaram e tentaram acalmá-la. Não deixaram que fosse procurá-lo, mas ela não entendia por quê. No fundo tudo foi uma grande farsa. Aquelas pessoas não estavam preparadas. Eram jovens, mas vinham de um outro mundo. Não poderiam entender — ou talvez não quisessem. Nem todos souberam no mesmo dia o que havia acontecido, e quando souberam esqueceram. De certa forma, ele os traíra. Tinha enlouquecido, pensaram, porque era o mais simples para suas cabeças. O casal que os hospedava na Fazenda Inglesa e mais um outro rapaz — anos mais tarde, ela viria a descobrir, por um acaso, que ele sabia e que foi só por isso que entrou no carro do casal na última hora e disse "Eu também vou", inexplicavelmente, porque nem tão próximo era, embora aquele pudesse passar apenas por um gesto de solidariedade, como ela o tinha visto na época —, quando saíram atrás do americano, tentavam disfarçar a apreensão em seus rostos lívidos. É possível que, no fundo, inconscientemente, todos ali soubessem (e não apenas o rapaz e os que viram aquele outro carro que passou pelo sítio, antes que chegassem, procurando por ele), menos ela, foi o que acabou concluindo com os anos, quando começaram a se afastar e a chamá-la de louca. Em dez minutos acharam o carro abandonado na beira da estrada, entre o sítio e a Fazenda Inglesa. Pararam no acostamento e procuraram o americano por todo lado. Desceram até o rio. Separaram-se e, por quase uma hora, tentaram localizá-lo inutilmente. O rapaz sabia. Não havia sangue, nenhum sinal de acidente ou briga. O americano não tinha resistido ao que quer que lhe tivesse acontecido. Tomados de desânimo, o casal e o rapaz foram ao posto da polícia rodoviária fazer a ocorrência antes de voltarem ao sítio. Enquanto esperavam diante do policial que batia o registro à máquina, tentavam pensar o que deveriam dizer à brasileira e, ao ouvi-los, o policial virou-se para eles e disse: "Digam a ela que ele fugiu. É melhor. Assim, vai ficar com raiva e sofrer menos".

Não havia por que a verdade pudesse passar pela cabeça dela ou de qualquer outro que o conhecesse, embora para muitos no sítio, que se calaram e preferiram não pensar, aquilo tenha ficado claro já naquela mesma noite. Foi ela que teve de esperar para entender, mais porque não quisesse do que por falta de dados. Não havia razões aparentes para que desaparecesse. E essa falta de razões foi o pior, de início, até que entendesse. Cada um tem o seu tempo, me disse o advogado. Levou um tempo. Foram os depósitos regulares, antes de desaparecer, numa conta cuja existência a própria secretária desconhecia que a fizeram suspeitar, a princípio de uma amante (hipótese primeiro levantada e em seguida, quando ela própria passou a concebê-la, corroborada por várias pessoas de seu círculo de relações no Rio, que não queriam imaginar outra coisa, como se só imaginar já fosse comprometedor) e mais tarde, quando passou a tomar conhecimento do desaparecimento de outras pessoas também e ganhou coragem para investigar de quem era a conta, da verdade. A conta, no nome de uma ex-namorada do filho do sócio brasileiro, tinha sido desativada. De início, ficou perplexa, e demorou a aceitar, mas quando passou a receber as ameaças anônimas, que lhe diziam para voltar para os Estados Unidos, entendeu finalmente, ainda que fosse difícil imaginar que ele nunca tivesse lhe dito nada. Desde o início, tudo tinha sido um mero problema de imaginação.

Quando o casal (os anfitriões) e o rapaz voltaram ao sítio, ela estava dormindo. Tinham lhe dado mais de um comprimido, sem que percebesse, porque estava muito nervosa, como se pressentisse, disse um dos convidados, que era médico, e foi só na manhã seguinte que ela ouviu a história, sem poder acreditar no que estava ouvindo, e sem compreender absolutamente nada. Por alguns meses não compreendeu nada. Nada do que falavam. Nem sobre ele, nem sobre as contas ou o futuro da empresa. Queriam que voltasse para os Estados Unidos. No início, dizia que não podia sair do Brasil sem saber o que tinha lhe acontecido, e depois, quando de alguma forma soube, passou a dizer, para desagrado dos que sobraram a sua volta, só para acabarem se afastando também (e a chamando de louca), que não iria embora enquanto não o libertassem — ou lhe devolvessem o corpo.

Perdeu todos os amigos. Talvez fosse um problema de classe, disse-lhe um dos primeiros advogados (sua vida passou a ser povoada por advogados, me disse o advogado), porque não era o mundo deles, não podiam fazer parte daquele mundo. Embora não fosse fraca — sua força foi sempre discreta, calada (o advogado me disse que ela sobrevivera a um acidente de avião dois anos após terem chegado ao Brasil, um avião que havia caído na baía, e não revelou o que tinha passado a ninguém, nem ao marido, até alguém na mesa de jantar comentar o desastre daquele mesmo dia e ela, quase por um deslize, deixar escapar, para surpresa de todos, que estivera naquele vôo) —, tornou-se mais forte e intempestiva. Estava obcecada, obstinada em encontrá-lo, agora que a dúvida acerca da sua morte pairava mais do que nunca sobre sua cabeça. "O pior é não saber se ele está morto", disse ao primeiro advogado, que ela procurou logo, ao compreender, mais por causa das ameaças, o tipo de situação em que estava envolvida, e que tentou dissuadi-la e recusou o caso, alegando que "os tempos não podiam ser piores".

Foi preciso o pai dele, o sogro, ir ao Brasil para tentar convencê-la. Mas nem isso fez com que mudasse de idéia. Ele lhe disse: "Você escolheu viver ao lado desse homem. Gostaria de lhe trazer boas notícias do outro mundo. Mas você só vai encontrar solidão, aonde quer que vá. Minha mulher morreu há um ano e a morte dela só me fez acordar para o que sempre foi de mim e dos outros. Não há remédio. Você tem que ser forte. Antes de encontrá-lo, você não teria decidido viver ao seu lado. Parece uma obviedade. Ele era meu filho. Tenho tantas razões quanto você para lamentar. Só quero ajudá-la, porque de nada adianta ficar aqui. Estou fechando o escritório. Estou vendendo a nossa parte. Você entende? Não vai sobrar nada. Você precisa ter coragem para tentar imaginar, nem que seja como uma muleta temporária, sua vida antes dele, que daqui para a frente sua vida vai ser antes dele, e não depois. Você nunca o conheceu. Ele nunca existiu. Eu também estou tentando. Ele não vai voltar. Todos nós sabemos o que aconteceu. Você não pode perder a cabeça. Agora, é tudo o que lhe resta. Estou tentando ajudá-la. Mas no fundo só depende de você. Vou ser sincero. A única coisa que posso fazer é tirar você daqui. Não posso mais ver você. Porque, para mim, você é ele". E ela respondeu: "É por isso que não posso sair daqui. Porque não sei se morri ou se ainda estou viva".

Nunca mais se viram. Ela ficou. Ele se enfurnou numa floresta do Oregon, onde acabou morrendo, parece, do coração. Ela teve a sua parte da empresa, o que lhe garantia o sustento, segundo o advogado. Também ficou com a casa de Los Angeles (em frente à nossa), que ganharam ao se casarem, e a do Rio de Janeiro, onde morava. No resto, perdeu tudo. Foi ficando cada vez mais sozinha. Das pessoas que havia conhecido no Brasil, poucas ainda a procuravam, por mera formalidade. Os outros deixaram de ligar em grande parte por covardia, mas na maioria dos casos porque tinha se tornado silenciosa e o único assunto que ainda lhe despertava um interesse, desproporcional, obcecado, e possibilitava apenas uma estranha forma de diálogo, onde no geral só ela falava, embora com esforço, era o dos desaparecimentos. Diziam que por vezes falava como se ela própria fosse o marido, falava de seu próprio desaparecimento. Houve uma psicanalista que ela procurou por indicação de conhecidos e que lhe disse que todo mundo uma hora ou outra na vida acha que é um outro, anula a sua própria identidade em nome de um outro; todo mundo em algum momento quer ser outra pessoa, estar no lugar de outra pessoa, quer se fundir no outro, ou por estar apaixonado ou por uma perda muito grande, mas que era preciso vencer esse momento para se curar, e ela, que já estava com aquela dificuldade de falar nessa época, fez um esforço sobre-humano e tudo o que conseguiu articular foi uma pergunta: "Como assim?".

Quase cinco anos depois do desaparecimento do americano e quatro após o pai dele ter fechado o escritório do Rio e tentado convencê-la a ir embora, ela recebeu um telefonema do sócio brasileiro. Não se falavam havia anos. Queria encontrá-la. Marcaram um almoço, onde ele lhe informou que Henry Kissinger, o secretário de Estado, vinha ao Brasil em visita oficial no mês seguinte e que tinha chegado a ocasião para ela fazer uma última tentativa. O sócio estava disposto a ajudá-la e ela lhe perguntou por quê. Porque o próprio filho desaparecera havia dois meses, depois de anos na clandestinidade, ele disse. E porque desde que perdeu o filho de vista ela não saía mais de sua cabeça. Agora, podia ajudá-la. Estava entre os empresários que se encontrariam com Kissinger no Sheraton, tinha sido convidado, e ela viria com ele, ele disse, seria sua filha.

Juntaram todos os papéis e documentos, tudo o que tinha acumulado ao longo dos anos, indo de um advogado a outro, fazendo apelos à embaixada, a grupos de defesa dos direitos humanos nos Estados Unidos. Ele foi buscá-la em casa ao meio-dia e seguiram para o hotel. No caminho, explicou-lhe o que devia fazer. Ela seguia calada. Ele lhe perguntou o que estava havendo. Estavam entrando na avenida Niemeyer. Ela disse que tinha decidido ir embora, finalmente. Ele olhou para ela. Estava tudo marcado e acertado, a passagem, a venda da casa do Rio, a mudança. Ele lhe perguntou por que assim, de repente. E ela respondeu: "Porque estou morta".

Imagino que tenham deixado o carro no estacionamento, no subsolo, e subido de elevador até o lobby. E que, no elevador, um homem tenha se virado para ela: ''Elena?''. Ela olhou para ele e, por um instante, não o reconheceu. Era o rapaz que tinha entrado no carro com o casal de anfitriões quando saíram para procurar o americano na noite em que tinha desaparecido na estrada do Contorno. Ela o encarou por um momento, pestanejou e mexeu a cabeça lentamente para um lado e para o outro, como se tentasse entender, como se fosse dizer não, mas numa velocidade ínfima, em que o movimento ainda não chegava a fazer sentido. ''Que coincidência!'', disse o rapaz, ao mesmo tempo contente e constrangido. ''Pensei em te procurar várias vezes, mas me disseram que era melhor não, que seria pior, você não estava bem.'' Ela fechou os olhos. ''Precisava te dizer uma coisa. Com o tempo foi ficando engasgada aqui. Não sei como isso pode te ajudar a esta altura. Naquela tarde, pouco antes de vocês terem chegado ao sítio, um carro com três homens passou por lá. Fizeram algumas perguntas e foram embora. Um dos homens no carro estava com uma farda.'' Ela o olhava. ''Não sei o que perguntaram. Só os vi saindo. Só depois me disseram que tinham perguntado por ele. Não me pergunte por quê. Fui covarde. É tudo.'' A porta do elevador se abriu e o sócio brasileiro colocou o braço em torno dos ombros dela: ''Chegamos''. Os dois desceram e ela ainda olhou para trás, para o rapaz que tinha ficado dentro do elevador, e agora era ele que estava de olhos fechados.

Caminharam pelo lobby até a recepção. ''Como vai o senhor? O secretário ainda está no quarto. Mas já vai descer. Os outros já estão esperando. Vocês podem esperar no salão de convenções, que fica no primeiro andar'', disse o recepcionista. Os dois tomaram o elevador, mas em vez de apertar o primeiro andar, o sócio pediu o treze ao ascensorista. ''Aonde nós estamos indo?'', perguntou a brasileira, um pouco nervosa. ''Vamos pegá-lo no quarto'', ele respondeu. O corredor do décimo terceiro andar tinha seguranças dispostos a cada cinco metros, contra a parede. Quando os dois desceram do elevador, todos olharam para eles, que seguiram sem hesitação em direção à suíte presidencial, o sócio brasileiro segurando-a com firmeza pelo braço. Não deram tempo para que os seguranças pudessem reagir, ou perguntar o que estavam fazendo ali. Agiram com decisão, deixando-os perplexos. Quando estavam a um metro da entrada do quarto e um homem armado tinha se interposto no caminho, impedindo-lhes a passagem e preparando-se para perguntar-lhes o que queriam, a porta se abriu e o próprio Kissinger surgiu acompanhado por dois homens de terno que riam com ele. A brasileira e o sócio estavam diante dele. Kissinger parou de rir por um segundo e a olhou. Os outros dois também pararam de rir diante da figura daquela mulher. Ela lhe estendeu o dossiê que trazia na mão. ''Este é o meu marido, cidadão americano, que desapareceu há cinco anos nas mãos das autoridades brasileiras. Estou viva e preciso de ajuda'', disse. Só teve tempo para dizer aquilo. Ele pegou o dossiê, colocou-o debaixo do braço e mostrou um sorriso condescendente. No mesmo instante, os seguranças abriram-lhe o caminho, afastando a brasileira e o ex-sócio com os braços. Ela se virou para o sócio e perguntou o que tinha dito. Ele a abraçou. Depois, acompanhou-a até o lobby e a saída do hotel. Despediram-se. Ele ia ficar para o almoço. ''Você acredita?'', ela lhe perguntou. ''Você está querendo saber se eu tenho fé?'' Ela fez que sim com a cabeça. Ele levantou os ombros e sorriu para ela: ''É melhor que nada''. Ela lhe agradeceu e foi embora a pé. Saiu andando pela avenida Niemeyer, pelo canto da rua, quase esmagada contra a pequena amurada antes das pedras e do mar pelos ônibus e carros que passavam a toda. Já ali ela havia começado a andar. É difícil imaginar alguém no mundo que tenha andado mais que ela. Só podia ser ela. Era sobre ela que falavam há um mês no rádio. Qualquer um que tivesse ouvido sua história, na rua, ao passar em frente à casa da esquina, a teria reconhecido.

Foram cinco anos sem que ninguém a visse na rua, desde que chegou no carro azul com o advogado, até aparecer aquele homem, o morto, e ela sair para vê-lo depois de mais de meia hora parada na janela, do lado de dentro, a observá-lo. O homem, o morto, tinha ligado antes (o advogado disse que ela ainda lhe telefonou, perguntando o que devia fazer, mas a secretária não conseguiu localizá-lo). O morto explicou-lhe ao telefone quem era (disse que era o sobrevivente), queria vê-la. Ela não sabia o que podia querer mais de vinte anos depois do acidente. Pediu que não viesse, mas ele respondeu que iria assim mesmo. Ela o esperava, portanto, contra a sua vontade. Por isso, deve ter ficado na janela. Dissera-lhe, ao telefone, que não via razões para conhecê-lo. Preferia não vê-lo. Mesmo assim ele veio. Os dois ficaram se olhando, ela na janela e ele na rua. Não era só ela que temia. Quando resolveu sair finalmente, caminhou decidida até ele. Falou-lhe qualquer coisa que não pude ouvir. Na verdade, não entendi do que falavam. Falavam de uma criança. Ele lhe perguntou se ela se lembrava de um homem e de um outro menino que estavam com a criança quando o avião caiu. Queria que ela lhe dissesse alguma coisa sobre aquele homem e aquele outro menino, qualquer coisa, como eram, se se pareciam com ele (mostrava-lhe o próprio rosto com as mãos), se os tinha ouvido falar, se os tinha visto mortos, se sabia por que tinham morrido. Se o homem tinha provocado o acidente. Ela balançou a cabeça e disse: ''A criança estava no chão, no corredor, sozinha na minha frente. Não vi mais ninguém. Você estava no meu caminho''.

Nessa hora, ele lhe entregou um envelope, que tirou de dentro do paletó. Ela pareceu não entender. Perguntou o que era aquilo. Ele não disse nada. Só a observou, mas já com certa dificuldade. Não tirava a mão da cabeça. Ela abriu o envelope e leu a carta. O morto tentava manter com esforço os olhos abertos, nem que fosse apenas para testemunhar o que tinha diante de si pela última vez. Ela lhe perguntou: "Onde está ele?". Mas o morto não disse nada. Era como se não tivesse ouvido. Ela o segurou pelos ombros e repetiu a pergunta: "Onde você conseguiu isto? Quando conseguiu isto? Ele está vivo?". Mas ele já não entendia: "Minha cabeça vai explodir", disse. "Tenho que fechar os olhos. A senhora se incomoda se eu me deitar? Estou morrendo de sono", balbuciou o homem, o morto, já se agachando e se estendendo na calçada, enquanto a brasileira relia a carta e balbuciava também, como se estivesse em busca de uma justificativa: "Ele tomou a identidade de um outro. Eu não podia encontrá-lo mesmo". Parece que quando os outros chegaram, ele já estava em coma (que foi confirmado quando minha mãe chamou a ambulância) e ela segurava sua cabeça nos braços, ajoelhada no chão (ela me pediu ajuda, quando me viu de bicicleta, me mandou chamar alguém, porque um homem estava morrendo, ela disse, e eu corri até lá em casa, deixando a bicicleta jogada no asfalto). Os outros dois vieram num carro preto que surgiu a toda na esquina, bem antes da ambulância, e parou diante dela e do homem deitado na calçada. A mulher gorda desceu dizendo alguma coisa que não entendi; pelos gestos, exigia alguma coisa (não se reconheceram, embora tivessem se encontrado vinte anos antes, muito rapidamente, no local do acidente; já não podiam se lembrar; a mulher gorda tinha apenas seguido o morto), e a brasileira, como se estivesse dormindo também, agora como o morto, dormindo acordada, lhe estendeu a carta (que era o que a outra exigia), para em seguida se levantar, dar-lhe as costas e sair andando, deixando o morto estendido na calçada. Saiu andando. A mulher gorda virou-se para o sujeito que vinha com ela no carro, que estava na direção e agora tinha descido também, ignorando tanto o homem deitado no chão como a brasileira, que a esta altura já tinha virado a esquina e desaparecido, e leu em voz alta o final da carta que tinha nas mãos: "...O erro deles foi tê-lo deixado a sós comigo. Era um garoto. Um iniciante. Talvez tivesse ainda algum princípio. Eu seria capaz de tudo. Estava encurralado. Eu sou mortal, eu disse para ele, e o matei. Matei o psiquiatra naquela mesma noite em que, se não matasse teria morrido. Tomei o lugar dele, fiz dele o meu corpo dilacerado e irreconhecível. Fugi para o fim do mundo. Estava apavorado. Não sei o que me passou pela cabeça. Que a minha proximidade seria a sua morte. Só pensava em você. Só queria que sobrevivesse. Por isso fugi. Acreditei que a minha presença seria a sua morte. Mas nunca te esqueci. Nem um minuto. Vim para esta cidade porque acordei e temi que estivesse morta também, precisava saber, para te encontrar, e de repente vi que não estava onde pensava. E se agora caí na armadilha da minha própria loucura — porque não tenho mais dúvidas de que estou louco —, e acordei nas mãos deles, é só porque queria tanto te ver. Agora são eles que me dizem que são mortais, com seus olhos desesperados, é porque vão me matar. E cá estou dizendo para você que eu sou mortal. Por que estou dizendo isso? Estou certo de que agora você já tem sua vida nova, porque sobreviveu. Não tenho o direito de te perguntar mais nada. Se tem alguém? Se está feliz? Me perdoe. Perdi a cabeça. Quando você ler esta carta, é provável que eu já esteja morto outra vez. Há muito tempo que já não sou nada". Ao terminar, a mulher gorda olhou para o homem, o motorista, e deu uma gargalhada que ecoou por toda a rua: "Uma carta de amor! Fomos enganados. É só uma carta de amor!".

* * *

Foi difícil não pensar nela quando ouvi a notícia no rádio. Foi a primeira coisa que me veio à cabeça, que só podia ser ela, a brasileira. Na amurada do porto de Punta Arenas, no extremo Sul do continente, onde a terra termina, uma mulher perguntou em inglês a um homem que por ali passava como podia seguir adiante, e depois, sem resposta, diante da perplexidade dele, onde podia encontrar um táxi, que tinha pressa, precisava de um táxi. Mas também não esperou a resposta, continuou caminhando ao longo da amurada e desapareceu. Ele, por sua vez, também seguiu seu caminho (disse à polícia que o mundo está repleto de loucos, não tinha por que parar, não imaginou que ela pudesse se atirar ao mar, como insinuavam), e ao olhar para trás não mais a viu. O corpo não foi encontrado. Simplesmente desapareceu. Segundo as investigações, tudo leva a crer que se trate de uma americana que, durante dez anos, por razões desconhecidas, caminhou sozinha, com a roupa do corpo, entre Los Angeles, Califórnia, e o extremo Sul do Chile, onde termina o continente. Obtiveram vários depoimentos de testemunhas que a viram passar, ao longo das estradas, pela Panamericana, mas ninguém soube revelar a identidade da mulher, quem era ou de onde vinha. As pistas os trouxeram até Los Angeles, mas ainda estão à procura da origem e de sua identidade, do ponto inicial de onde ela teria partido. Querem identificá-la. Pedem a ajuda dos ouvintes, alguém que a tenha conhecido. Ouvindo a notícia, eu pensei: sou a única testemunha — e, sem entender bem para que poderia servir o meu depoimento (quanto menos falar dela, melhor, porque só vi as duas cenas; o resto é uma mistura do que imaginei e do que me contaram depois), desliguei o rádio e acelerei antes que o sinal fechasse.

II

OS EXECUTIVOS: UMA FARSA

Daqui para a frente, tudo é verdade. Isto não é uma ficção. Nada foi inventado. Nada é mera coincidência, embora não possa confirmar nenhuma palavra do que ele disse. Todas as vezes que eu falava a verdade (em geral, o que ele não queria ouvir), dizia "isso não está certo; você não está sendo simpático", e se aborrecia — me pedia para ir embora, se estivesse na casa dele, ou sumia se estivéssemos num lugar público. Havia um lado patético naquela negação absurda, quando resmungava, sempre bêbado, que não achava certo um homem foder uma mulher, "não é natural", dizia, sacudindo a cabeça — e desde então minha vida foi só uma tentativa obcecada de decifrar aquela frase aparentemente estúpida, de interpretá-lo (o monstro) como se estivesse diante de um mapa com indicações numa língua morta. Ele podia dizer: "Me disseram que no Brasil os homens casados fodem uns aos outros fora do casamento. Isso não está certo", sacudindo a cabeça, e a mim só restava morrer de rir (o melhor teria sido literalmente morrer de rir, antes de começar a interpretar) sem saber se estava falando sério.

Alguma coisa me dizia que o encontraria de novo, ele mesmo havia dito ("Tenho a impressão de que já o conheço desde que nasci e que vamos continuar nos conhecendo para sempre" — talvez já previsse que, de um jeito ou de outro, ou eu teria que matá-lo ou seria assassinado por ele; não havia saída), embora naquele tom ambíguo entre sarcasmo e seriedade com que podia comentar os momentos mais críticos da sua própria vida, que eu ficava sempre sem saber se realmente existiram. Não é que eu não pudesse imaginar que seria assim, na verdade sempre suspeitei, mas não que seria desse jeito, nem a esse ponto.

Eu estava sentado na casa da Ivone, que dirigia um pequeno Fiat como uma louca pela Toscana, em lua-de-mel, por três semanas, e tinha me emprestado o apartamento da rua 13, até eu ter onde ficar em Nova York, porque tinha acabado de chegar; estava com o jornal aberto nas mãos (na verdade, sempre achei que um dia veria sua foto na seção de Negócios, jamais na de Crimes) e quase caí para trás ao virar a página e dar de cara com o retrato dele, dez anos depois, de fato (conhecê-lo para sempre era uma condenação), de frente para a câmera, com a data embaixo, uma foto de polícia, e o nome, P. M., executivo de uma firma de investimentos de Wall Street, preso por homicídio após ser acusado pelo chefe de ter matado cinco clientes em dez anos. Eu o amei mais que qualquer coisa no mundo, por uma semana, um mês até, e ele a mim, eu acho, ou achei, só por uma noite, se tanto.

Isto não é uma ficção, embora pareça. Na verdade, sempre acreditei num poder antecipatório da literatura. Robert Walser, o escritor suíço, foi encontrado morto, deitado na neve, no meio do campo, décadas depois de fazer um de seus personagens morrer da mesma forma. A própria Ivone, que não é boba, uma vez me disse que, se fosse assim tão fácil, bastaria escrever que meus livros vendiam milhões de cópias e que eu tinha recebido o prêmio Nobel para ter a vida ganha. Mas não é assim. Esse poder antecipatório da literatura justamente não vem da escolha. Mais de uma vez escrevi sobre homens sem escrúpulos, sem moral, sem caráter, dispostos a qualquer coisa para executar atos de uma curiosa perversão, em que dinheiro e sexo eram inseparáveis. Tipos horríveis, eu achava. Nunca soube expressar ao certo o que me atraía nesses personagens. É verdade que meu pai tinha uma relação estranha com as pessoas e o mundo, que envolvia sexo e dinheiro, e que envolveu a mim, minha irmã, minha mãe e todas as outras mulheres da vida dele (inclusive a aeromoça). Nunca soube explicar se vinha daí o meu interesse. Era apenas natural; esses personagens me fascinavam. O estranho é que pudesse dizer, sem sombra de dúvida, que os detestaria se os encontrasse na vida real. Até encontrar P. M. há dez anos.

Tinha ido a Nova York para pensar. Precisava de um tempo. No meio da vida, não sabia mais se queria ser escritor, arquiteto ou homem de finanças, um simples especulador. O fato de estar num lugar onde ninguém falava a minha língua só fez piorar a indisposição inconsciente para a primeira opção (nunca dei para escritor), promovendo, sem que no fundo eu realmente a desejasse, a segunda, em que me formei. Foi ao conhecer P. M. que surgiu a terceira, como uma alternativa autodestrutiva (era ele mesmo que usava esse termo a torto e a direito), já que nela me tornava apenas um espelho do que ele era, anulando ao mesmo tempo tudo o que eu tinha sido até então. No processo de não querer mais ser o que eu era, ele foi apenas a pá de cal. Quis me fundir nele, me confundir com o seu sangue, matar e morrer, que era a mesma coisa. Ele era a caricatura de um outro país, de um lugar que não era meu, do que eu não podia ser mas queria a qualquer preço, a caricatura do capitalismo financeiro americano encarnado como uma doença psicológica (nele mas também em mim), um caso de patologia infantil, diria o velho psicanalista, que depois tentou me ajudar a esclarecer o mistério.

Eu estava na cidade não havia nem três dias quando o encontrei na porta de um bar, com um grupo, bêbado. Por alguns minutos deixou os que estavam a sua volta falando sozinhos enquanto me fixava. Minha ilusão foi pensar que era privilégio meu, até descobrir que repetia a mesma cena com um novo homem a cada noite. Achei que era eu, até o dia em que também me deixou falando sozinho. Fazia isso com todos. Às dezenas, ao que parece, os mais feios (eu), os mais gordos, os mais vulgares, os mais burros, que o encantavam por deixá-lo mais à vontade para enganar e manipular, mentindo da forma mais descaradamente contraditória. Mas parece que só comigo deu tão certo, porque fiquei por último. Eu não entendia nada, por que ele dizia o que dizia, e se sentia o que dizia; se não sentia, por que dizia? E se me apaixonei, talvez fosse tentando entender.

Ele se aproximou, conversamos uma meia hora (perguntou de onde era o meu sotaque: "Os brasileiros, como um grupo, são os que eu prefiro", ele disse; tinha conhecido um outro brasileiro, um militar, quando esteve no Rio de Janeiro: "Ele me disse que tinha um tumor no cérebro, que ia crescer até transformá-lo numa outra pessoa... Me contou uma história absurda. Já não dizia coisa com coisa... Me disseram que morreu. Não é estranho?", disse, e balançou a cabeça antes de rir — foi com essa frase que tive a idéia de uma novela que escrevi há anos, foi nele que me inspirei para a criação do personagem do americano com bracelete no aeroporto, o monstro, e também, por tabela, do narrador, o aspirante, o militar com o tumor no cérebro, de quem ele me falou; ele estava na origem de toda a história; tinha essa mania de falar de gêneros e grupos, e depois rir, achava que todo grupo era dividido em três subgrupos, invariavelmente, disse: "Os sonâmbulos, os bêbados e os executivos"; não pedi explicações, preferi achar que não tinha entendido, por causa da língua, não perguntei em qual eu me enquadrava, ou ele, que se adiantou dizendo que fazia parte dos dois últimos), me pagou um drinque, me deu o telefone e, logo antes de ir embora, disse que, dali para a frente, tudo dependia de mim. E de fato eu fiz o meu papel.

No dia seguinte, telefonei na hora marcada. Acabamos nos encontrando numa boate enorme e ele, além de bêbado, que era o seu estado noturno normal, já estava completamente drogado e me aconselhou a fazer o mesmo. Qualquer droga, ele disse. A que eu preferisse. Ele comprava, bastava lhe dar o dinheiro. Não se conformou quando recusei. Achei que ia chorar. Disse que eu não podia fazer isso com ele, não estava certo, como uma criança. Quando já estava completamente inutilizado, depois de muita insistência (eu dizendo para ele confiar em mim e ele respondendo que não confiava em ninguém e sacudindo a cabeça), aceitou sair dali. Fomos para sua casa. Quando lhe perguntei, no táxi, por que tinha se interessado por mim, ele respondeu, já de olhos fechados: ''Os olhos são as janelas da alma'', e dessa vez tive quase certeza de que estava de sacanagem, mas não ainda. Nunca teria certeza. Meu problema é que eu tinha visto alguma verdade nos olhos dele, antes, eu achava, e aquela primeira impressão me acompanhou pelo resto da vida, me iludindo, em contradição com as suas atitudes mais descaradas. Depois, enquanto eu dormia, disse baixinho que me amava (porque eu ouvi), e depois engoliu aquelas palavras, como se tivesse se traído, por causa da droga, eu achei. Não conseguia ficar sem me tocar. Se eu me afastava, ele me puxava de volta, colocava a perna sobre a minha, encostava as costas nos meus quadris. Quando nos despedimos às quatro da tarde do dia seguinte, ele me abraçou. Não queria me deixar ir embora. Eu acreditei. Meu papel ali era acreditar sempre, por mais inverossímil que fosse o que me dissesse. Naquela noite, tinha colocado a língua para fora e dito: ''Está vendo essas manchas, esses desenhos? Você já ouviu falar em língua geográfica? Sou um caso raríssimo de língua geográfica''. Eu mal entendia do que estava falando. Estava morto de sono. Ele também. Dormia e acordava. Dizia os absurdos, escondia o rosto no travesseiro, debaixo do braço, e olhava para mim em seguida, com o canto do olho, para ver a minha reação. Dizia que achava que os negros, como um grupo, não se "moviam socialmente", e olhava para mim. Não era possível que fosse tão idiota. Eu interpretava sempre, para esconder o óbvio. Achava que estava de brincadeira. Só podia estar, na minha cabeça. No fundo, era racista. Gostava de falar de grupos. Gostava de latinos, com quem dormia. Falava de "white trash" quando queria se referir aos homens mais feios do mundo (por isso não me achava feio, porque para ele eu não era branco). Dizia que tinha pena de todos aqueles adolescentes homossexuais desembarcando para a morte na Normandia, no dia D, eram como judeus enviados aos campos de concentração, dizia, e olhava para mim. "Você pode imaginar?", repetia, dizendo-se irritado com a forma como o cinema havia dramatizado a cena, que para ele deveria ser apenas seca, despida de emoções, que ele não compreendia. Sua experiência homossexual era o que o salvava, embora por um egoísmo primário, infantil, um sentimento de autopreservação bruto e contraditório com seu caráter predominantemente autodestrutivo (como ele próprio dizia, entre resignação e troça), o que lhe dava um mínimo sentimento de classe, ainda que fosse por loucura, e uma dimensão trágica involuntária, impedindo que acabasse reduzido a um simples fascista. Quando eu lhe perguntava sobre sua família, podia dizer tanto que a mãe morava num subúrbio rico (o que por fim preferi acreditar como sendo a verdade) como que era uma hippie da Califórnia que o havia abandonado para morar com os índios ou que tinha sido aeromoça (ali, a verdade ainda não podia me passar pela cabeça) e que, da irmã, só sabia que trabalhava em Times Square, porque "ela nunca quis dizer onde" (insinuando que era puta, quando na verdade, na verdade em que eu preferi acreditar depois, a irmã apenas trabalhava num banco). Quando eu lhe perguntava sobre o pai, ele respondia "eu o odeio", repetidas vezes, e se eu insistisse, dizia: "Porque nos abandonou", e encenava uma expressão de revolta. Depois olhava para a minha cara de perdido e sorria, até eu pular em cima dele e enchê-lo de socos (o único recurso para uma comunicação mais verdadeira e simples, uma vez que conseguia tirar das palavras qualquer resquício de confiabilidade), dizendo-lhe que ele só tinha merda na cabeça, enquanto se protegia com o travesseiro e repetia "acalme-se", rindo. Eu não sabia o que ele dizia, o que me deixava sem saber o que dizer. Quando me deixou esperando do lado de fora do apartamento, na primeira noite, por uns dez minutos no corredor, alegando que tinha que se certificar de que o namorado (o oficial) não estava lá, e voltou com um retrato de uma criança nas mãos, eu já não entendi e perguntei sem saber o que podia estar querendo com aquela fotografia: "É ele?", e diante do seu silêncio: "É você?", o que o fez explodir numa gargalhada.

Na noite de sábado, exatamente uma semana após a primeira, resolvi voltar à boate enorme, depois de vários telefonemas sem resposta, suspeitando que o encontraria, mas dessa vez, quando me viu, tive a impressão de que só pensou em fugir. Conseguiu escapar por duas ou três horas, no meio da multidão, mas ao final da noite acabamos nos esbarrando, ambos caindo de bêbados. Foi a última noite que passamos juntos — mais por ele não ter conseguido dizer não naquele estado. Mesmo assim conseguiu ficar a noite inteira de calça, com medo de que eu o fodesse, dizia. Pela manhã, me perguntou quem eu tinha fodido pela primeira vez na vida e quando respondi "uma puta", ele se ofendeu e pediu que eu fosse embora, não sei o que aquela palavra despertou nele. Ele disse "essa palavra é muito forte; não está certo". Nunca mais dormimos juntos, embora eu tenha pedido desculpas antes de sair por ter usado aquele termo, puta. Ele sacudia a cabeça, como se eu tivesse cometido o pior dos crimes. Dali para a frente ainda nos encontramos umas dez vezes, em boates e bares, sempre por acaso (ele sempre dizia, ao me ver, "nossa, pensei muito em ligar para você, mas fiquei com medo de que você me achasse um filho da puta"), e a cada noite ele estava com um homem novo, com quem acabava saindo, depois de beijá-lo na minha frente. A primeira vez foi um choque, mas tentei me acostumar. Cheguei a encontrá-lo com o namorado e o cumprimentei. Estava disposto a tudo para ficar ao seu lado. Nem que tivesse que virar seu amigo, mas nem isso ele queria mais. Não podia ter amigos. Dali para a frente, fiquei tentando entender, falando sozinho. No último dia em Nova York, ainda implorei que viesse à minha casa, disse que nunca mais íamos nos encontrar, porque estava indo embora, ele não tinha o que temer, podia confiar, mas ele continuava balançando a cabeça e dizendo que não confiava em ninguém, o que eu já tinha ouvido antes, desde pequeno (devia ter pensado antes, porque tudo estava na cara), do mesmíssimo jeito.

Nos últimos dias, sonhei com ele, pensando que teria que deixá-lo para trás, mas já não conseguia me lembrar do seu nome, chamava-o de outra coisa, de que não me lembro também. Na minha obsessão comecei a pensar que talvez amar um homem por noite tivesse a sua beleza, fosse uma necessidade inconsciente de amar a humanidade toda de uma vez, e ser amado por ela, uma tarefa impossível e desesperada, comecei a pensar numa tentativa igualmente desesperada de entendê-lo, já que não entendia nada, não fazia a menor idéia do que ele podia sentir e mesmo se sentia alguma coisa. Desde que o conheci, passei a viver uma espécie de paixão crônica, não por ele mas pelo mundo, e lamentei cada morte de que tive notícia, não pela morte mas por não ter conhecido e amado o morto. Cada morte me despertava uma nostalgia da vida alheia. Eu não ter sido aquela pessoa.

E no auge da minha comoção, naquela última noite, me virei para ele e disse que só queria ficar invisível, voltar ao passado e acompanhá-lo desde o nascimento (ser ele, na verdade, mas eu não disse), para entender o que aqueles pais de um subúrbio rico de Nova York (a versão em que eu quis acreditar) fizeram para que acabasse assim, entender o que era necessário para se criar um monstro — ser o monstro. Perguntei: "O que você está procurando?".

Em todo caso, ele não era mais o homem pós-romântico (essa era muito boa!, como eu tinha lido num artigo de psicanálise, que para mim era o fim dos mistérios humanos, a psicanálise é uma forma canhestra de encobri-los, eu cheguei a dizer ao velho psicanalista, sem pensar que poderia ofendê-lo). Não tinha nada a ver comigo. Não compartilhava os meus valores. Nunca tinha lido um livro, "porque as coisas demoram para acontecer; não tenho paciência", dizia. Não nutria qualquer admiração pelas chamadas "atividades artísticas ou criativas". Eram-lhe completamente indiferentes. Não achou a menor graça quando lhe recitei os versinhos de Malcolm Lowry: "The only hope is the next drink./ If you like you take a walk./ No time to stop and think,/ The only hope is the next drink", quase uma homenagem. Perguntou se eu tinha inventado aquela droga na hora. Vivia por um prazer animal. Agia. Não refletia. E, num certo sentido, por um motivo que eu não sabia, achei que era mais autêntico que eu. Ao conhecê-lo, anulei-me por completo, perdi os meus valores em nome dos dele, sexo e dinheiro, as únicas coisas que existem no mundo, era verdade. Todos os sentidos que até então tinham sustentado a minha vida desapareceram. De mim não sobrou nada. Só ele. Não sei o que teria sido se não tivesse saído dali. Só voltei depois de dez anos. O mais estranho era que eu estivesse desesperado e, já de volta ao Rio, ao procurar o velho psicanalista, em vez de tentar compreender o que se passava comigo, só tenha falado de P. M., o monstro, numa busca obcecada por entender o que havia acontecido para que chegasse àquele ponto ("Que tragédia, que tragédia a sua vida!", eu tinha dito a ele, quando era a minha), por uma explicação plausível para aquele estado psíquico que, para mim, parecia inumano, unicamente por ser impenetrável.

Podia ter seguido um raciocínio psicanalítico mas que me parecia insuficiente para entendê-lo — não havia nada de psicológico ou psíquico naquele mistério, mas eu ainda estava longe de descobrir o que era óbvio. Podia ter pensado em todos os argumentos edipianos para explicar suas ações, por que tinha se tornado um homem de ação, só de ação, desprovido de qualquer tipo de reflexão. E que, se era assim, a explicação estava justamente no fato de não querer ver, não poder ver a própria história. Cheguei a dizer a ele num bar, no último dia, usando esse tipo de argumentação, que tinha sido mimado, adorado pela mãe a um ponto que o deixara incapaz de amar, ou se apaixonar, por defesa, para evitar repetir aquela paixão avassaladora da mãe, crente de que tinha esse poder onipotente de fazer os outros sucumbirem de paixão (o meu caso era para ele uma confirmação doentia), ao mesmo tempo em que precisava testar continuamente esse poder, e nunca perdê-lo, porque era o que lhe restava, a sedução, se já não podia suportar nem a paixão nem o amor, e ele não teve nenhuma reação que pudesse denunciar o recalque ali diante de mim, apenas sorriu como se eu estivesse falando de um marciano. Era impermeável. Nada o atingia, ou muito raramente, e quando isso acontecia, ele retribuía com um equivalente físico para aquelas palavras. Era um homem de ação, um animal e uma criança, eu já disse. Contou-me que, quando ia sair de casa para a universidade, pouco depois de sua mãe descobrir que era homossexual por um colega com quem tinha dormido uma vez e que em seguida, já naquele tempo, não podia mais ver, um rapaz que, para se vingar, procurou a mãe e lhe contou a verdade, no dia em que finalmente se afastaria dela, talvez com a ilusão de uma salvação, ela entrou no quarto enquanto ele arrumava as malas e começou a falar, a chorar, a dizer que o filhinho era bicha, e ele lhe deu um soco. Quando me contou a história, disse exatamente isso, "um soco". Fiquei perplexo. Ele voltou atrás e disse "um tapa". Eu disse: "Mas ela é sua mãe". E ele respondeu: "Acho que mereço um pouco de respeito". Fiquei pensando no que o levava a acreditar naquilo, que merecesse um pouco de respeito, o que na verdade todo mundo acredita em relação a si mesmo, e pela primeira vez me passou pela cabeça aquela pergunta absurda: "Quem é você?", que ficou sem resposta, porque, quando perguntei finalmente, dias depois, ele não entendeu e respondeu com o próprio nome, disse P. M. (disse pela primeira vez o sobrenome), de que duvidei, retruquei que ele estava inventando como sempre, que não podia se chamar daquele jeito ("não pode ser", eu disse, "porque é uma marca de eletrodomésticos"), e ele, ainda sem entender, procurou uma conta de banco no bolso para provar o próprio nome.

No primeiro dia, quando nos conhecemos, ele também me deu vários socos no estômago, sem que eu pudesse entender o que significavam, se eram uma manifestação de carinho ou ódio (porque já estava tentando interpretar). Não tenho a menor dúvida de que era a sua maneira de "tocar" os outros, ou retribuir quando era tocado, fosse para o bem ou para o mal. Ele me falou também de um amigo por quem tinha se apaixonado ao sair da universidade, um amigo que aparentemente não sabia que ele era homossexual, até o dia em que P. M. não agüentou mais e abriu o jogo. "Ele me deu um soco na cara e eu voei por cima da cama, arrebentei a janela e caí do lado de fora, na escada de incêndio. Minha cara ficou preta e eu me cortei todo. Quando cheguei ao escritório e as pessoas perguntaram o que tinha acontecido, com a mão na boca, eu não sabia o que dizer. Disse que tinha caído. Mas fiquei feliz pelo outro cara, porque vi que ele sentia alguma coisa, não era indiferente, aquela coisa o incomodava, ele também tinha sido atingido'', disse.

Tudo levava a crer que tivesse prazer em ser odiado para se comportar como se comportava. Na primeira noite, ele próprio me disse que era odiado. Perguntei por quê. ''Porque durmo com eles e depois não ligo mais quando me procuram'', disse. ''É muito difícil encontrar alguém normal em Nova York.'' Só via o que queria. Reclamava de que os rapazes com quem tinha dormido lhe virassem a cara quando os encontrava de novo, mas não percebia em que sua atitude anterior podia ser reprovável. Se agia daquele jeito, era normal. Anormais eram os outros, que não lhe dirigiam mais a palavra em represália. Ficava repetindo que as pessoas o odiavam. Eu perguntava por quê. ''Também odeio elas'', respondia. Na época, comecei a pensar que no fundo sentia prazer, um prazer ambíguo, foder com os outros (''literalmente'', replicou a Heloísa quando lhe contei a história) e se foder ao final, odiar e ser odiado. Cheguei a pensar que podia ter a ver com matar o pai, mas seria uma explicação primária como ele (como o que ele queria me mostrar — no fundo eu já suspeitava que o que estava me escondendo era muito maior). Cheguei a tentar entender por que precisava ser odiado e podia ter chegado a uma conclusão psicológica simples — para se punir, por exemplo —, mas preferi tomar outro rumo, achei que seria pouco para ele, seria cair na armadilha dos clichês que ele me jogava na cara, para me despistar, o discurso da psicanálise é na realidade um discurso canhestro, um fim pobre para os mistérios humanos e, por conseguinte, romanescos, eu repeti para o velho psicanalista, o meu fim e o dele, e esqueci o que tinha pensado para, como P. M., mas também contra ele (o que era e o estado em que tinha me deixado), seguir agindo.

Tudo aquilo começou a me incomodar a certa altura (enquanto falava dele ao velho psicanalista em vez de falar de mim), todo aquele esforço de raciocínio e compreensão, quando percebi de repente que aquela tentativa de entendê-lo não passava, na realidade, de uma vontade obstinada de compreender simplesmente por que não gostava de mim.

Depois fui esquecendo, quando, com o tempo e a distância, os encontros, mesmo os casuais, se tornaram impossíveis. Voltei para o Brasil. É verdade que, nesse meio tempo, passados uns sete anos, ainda nos cruzamos, mais uma vez por uma coincidência absurda, no aeroporto de Tóquio. Estávamos na sala de espera, e no mesmo vôo para Los Angeles. Ele estava com uma pastinha no chão e lia um jornal, o próprio executivo (no fundo, todo executivo é só sexo e dinheiro, ele me diria mais tarde, na cadeia). Eu me aproximei e disse o seu nome. Ele levantou os olhos impassível — tenho certeza de que já tinha me visto, pois não se surpreendeu, estava preparado — e disse: "Creio que deve estar havendo um engano. Não conheço o senhor". Fiquei pasmo, e ao mesmo tempo irritado por ter lhe permitido esse jogo, por ter caído de novo. Voltei para o meu lugar e tentei ler uma revista de economia, com a lista dos homens mais ricos do mundo, mas não conseguia pular para a linha seguinte; durante uns bons dez minutos, li e reli sempre a mesma frase, fulano de tal, tantos bilhões de dólares, até alguém falar o meu nome. Era Emma (Emma Thompson, a atriz, a gansa inglesa). Ela disse: "Querido, que coincidência!". Tínhamos ficado mais próximos quando a escolheram para interpretar a brasileira, contra a minha vontade, é lógico, e embora eu tenha batido o pé por alguém mais jovem, ela não tinha mais idade para o papel, era óbvio. Mesmo assim, não parecia ter guardado qualquer rancor. No fundo, era uma moça direita. Modifiquei alguns diálogos para ela. Mudei a história. Ficamos conversando até a hora do embarque e percebi que P. M. tinha se surpreendido ao me ver conversando com ela. Aquilo me irritou. No avião, depois de duas horas de vôo, veio atrás de mim ao me ver a caminho do banheiro. Teve a coragem de me dizer: "Você me virou a cabeça. Acho que, na verdade, você talvez tenha sido a única pessoa que eu amei em toda a minha vida. Foi um erro ter deixado você ir embora". Eu estava cheio. Disse para ele. Mandei ele sumir da minha frente e morri de arrependimento durante o resto do vôo. Emma abriu os olhos ao meu lado e perguntou: "O que foi? O que foi?". Era a minha cara, eu sei. Eu disse: "Não foi nada. Não foi nada. Volte a dormir, querida".

Passaram-se dez anos. Só voltei a Nova York quando achei que já estava curado, que não queria mais ser outra pessoa. Quando vi no jornal a foto dele, ao passar o choque inicial, a primeira dúvida foi saber se já teria matado quando nos conhecemos, se já era um assassino. A partir daí, uma dúvida se engatou em outra e mais outra e, ao final, parecia que eu estava revivendo a mesma ansiedade da paixão só que agora em forma de curiosidade. Precisava saber tudo. Todos os detalhes. Senti que tinha que tomar uma atitude, escrever um livro, senão ia enlouquecer. Durante três meses tentei insistentemente entrevistá-lo na prisão em que esperava o julgamento, a alguns metros de Wall Street e do setor financeiro, o teatro dos crimes, que se via de uma janelinha mínima no alto de sua cela. Tornou-se minha nova obsessão. Quando eu ligava para saber a resposta ao meu pedido, que nunca vinha, o relações-públicas da prisão dizia que tudo dependia da vontade do preso, que meu pedido tinha sido entregue mas que, até então, ele não tinha se manifestado. Continuava a agir como com os meus telefonemas. Me deixava cozinhando em banho-maria. Ao final de três meses, porém, agora que já estava no meu próprio apartamento (um apartamento razoável, porém simples, que arrumei no East Village, a minha cela particular, eu dizia brincando mas nem tanto, como se até ali quisesse viver a experiência dele — mas se quisesse mesmo teria matado), recebi finalmente uma resposta: estava disposto a me encontrar. A primeira entrevista seria dali a dois dias, numa quarta-feira, pela manhã. Enlouqueci de alegria. Pulei pelas ruas. Na quarta-feira, às dez, eu estava lá, com o meu gravador e um bloquinho. Um policial me acompanhou no elevador até o décimo terceiro andar e depois por um corredor sombrio até a cela. Abriu a porta. Eu tinha assinado um papel antes de subir, assumindo a responsabilidade por todos os riscos, por tudo o que pudesse me acontecer naquela cela. No elevador, o policial tinha me dito: "Na verdade, não é um preso perigoso. É um covarde. Um maricas. Chora todas as noites. Não há o que temer". Quando abriu a porta, P. M. estava sentado no canto da cama, olhando para o chão. Arregalou os olhos ao me ver, como na segunda noite na boate enorme, quando tentou despistar-me por umas duas horas, ou em todas as outras vezes, quando dizia que tinha querido me ligar mas que abandonou a idéia com medo do que eu pudesse pensar dele. "Tenho pensado muito em você", disse. "Eu também", respondi, ainda com uma ponta do sarcasmo com que pensava poder me proteger dele e que logo em seguida perderia. "Não seja sarcástico", ele disse. "Você não pode imaginar o que eu tenho sofrido." E, como num passe de mágica, eu já estava dentro daquele jogo de novo, já estava pronto para acreditar em tudo o que dissesse.

Ele começou: "Você não vai acreditar. Acha que sou um mentiroso, não é? Sempre achou. Mas eu disse que íamos nos encontrar em dez anos e *voilà*. Você não acreditou? Você também me odeia. É igual aos outros [me controlei para não dizer: "Não sou, não sou. Juro que não sou"]. Mas desta vez vou te contar a verdade. Nada mais que a verdade [parecia estar treinando para a corte; era um canastrão].

Tudo começou numa tarde de segunda-feira, pouco antes de fecharem o pregão da bolsa [de repente, parou e olhou para o gravador no meu colo]. O que é isto? [eu respondi] Um gravador? Não. Não dou entrevistas com gravador. Me dê a fita, por favor [retruquei: "Mas, se não gravar, como poderei provar que o que disse é verdade?"]. Não poderá provar de qualquer jeito; você não acredita em mim? [entreguei-lhe a fita, que ele colocou no bolso; pediu o gravador, tirou as pilhas e o devolveu; prosseguiu]. Era a véspera do Dia da Independência. Todo mundo tinha feito a ponte com o fim de semana. A cidade estava vazia. Meu chefe me disse que precisava de mim na segunda-feira, excepcionalmente. Era uma ocasião extraordinária. Um novo cliente, que não podíamos perder. Agora sei por que precisava de mim. Achava que o cliente ficaria seduzido por mim. É assim que as coisas funcionam. Você não sabia? Sexo e dinheiro. Não existe mais nada. Aprendi isso muito cedo. Por que você acha que me contrataram naquele escritório? O meu chefe foi pego pela mulher, na cama com um outro homem [aqui, ele fez uma pausa e me olhou com aquele sorriso]. Imagine a cara dos filhos [imitou as crianças gritando "papai, papai" com uma vozinha fina; vivia fazendo aquelas imitações]. Só me contratou para me ter por perto. Naquela segunda-feira, ele estava na praia com os sócios. Disse que contava comigo para receber o novo cliente. E eu fiquei na cidade só por causa disso. Fui a um bar na véspera. Acordei com a maior dor de cabeça. Fui para o escritório. No final da tarde, a secretária anunciou o cliente. Quando entrou na minha sala, não o reconheci de imediato. Eram tantos. Mas ele me reconheceu. Aproximou-se e apertou a minha mão. Falei de amenidades. Perguntei em que podia ajudá-lo e, de repente, naquele rosto petrificado eu reconheci o ódio. Era um deles. Coloquei a mão na cabeça. Por que infeliz coincidência tinha ido parar ali? Foi cordial; em momento algum demonstrou que me conhecia. Conversamos por meia hora sobre as possibilidades de investimento. Apresentei-lhe tudo o que tinha à minha disposição. E, na hora de abaixar suas cartas, retraiu-se. Disse que preferia falar com o meu chefe pessoalmente (tinham sido colegas de escola). Levantou-se, estendeu-me a mão e saiu. Fui enganado. Ninguém me engana. Ele me fez de palhaço. Na quarta-feira, o meu chefe veio saber como tinha sido o encontro. Contei-lhe o que havia acontecido. Ele estranhou. Saiu dali inquieto e pediu que a secretária ligasse para o cliente. Quinze minutos depois, estava de volta na minha sala. "O que você fez com aquele cliente?", perguntou. "Como assim?", rebati, espantado. "Ele disse que não pode trabalhar com uma firma que tenha você como empregado. Não pode confiar", ele disse. Controlei o ódio que me subia à cabeça. Aquele imbecil estava querendo me destruir, você entende? Depois de tudo o que eu tinha feito por ele. Depois de termos passado uma noite juntos. Só porque não quis mais saber dele. Mas a verdade é que ele fedia. Tinha mau hálito. Me dava nojo. Me fiz de desentendido. Disse que não fazia a mínima idéia a que podia estar se referindo. Naquela mesma noite, fiquei até mais tarde e peguei o telefone do cliente na agenda da secretária. Uma semana depois, liguei para ele. Primeiro, não quis me atender. Era como todos os outros. Mas insisti. E ao final de duas semanas, marquei um encontro. No começo, ele resistiu, disse que eu estava atrás de sua conta, do seu dinheiro. Jurei que não, disse que vê-lo tinha despertado um sentimento reprimido durante tantos anos. Disse que o amava. E, por fim, não lhe restou outra opção senão acreditar. Fiz tudo direitinho. Nunca lhe telefonei a não ser do escritório ou da rua. Nunca o levei à minha casa. Nunca aceitei ir à casa dele. Nós nos encontrávamos num hotel, usando nomes falsos, para protegê-lo do escândalo, eu dizia. E ele acreditou. Tive que foder esse homem por três meses, até conseguir sua conta, sua confiança, seu dinheiro, até levá-lo para o campo. Fiz com que parecesse um suicídio. Era um homem perturbado com o sexo. Não tinha herdeiros. O dinheiro ficou rodando por anos dentro da firma. Deviam me agradecer. Foi o primeiro. Achei que seria o último. Três anos depois, apareceu um outro cliente. Por que raios ele me mandava todas as bichas?! Achava que iam ficar seduzidos, como ele, que eu era uma garantia para que mantivessem o dinheiro conosco. Apareceu numa sexta-feira pela manhã. Arregalou os olhos ao me ver. Mas se controlou. Entrou na minha sala com o meu chefe, que nos apresentou. Fingiu direitinho. Desse eu me lembrei assim que o vi, embora não me lembrasse do nome. Os nomes são o mais difícil. Senão, teria podido evitá-los, arrumar alguma desculpa para não encontrá-los já de antemão. Mas não guardava os nomes. Você vê como com você sempre foi diferente? Aceitei que me entrevistasse quando vi o seu nome [mentia, era óbvio, e eu acreditava]. Para mim, você é especial [me encarava; desviei o rosto daqueles olhos lânguidos]. Matei-o um mês depois. Joguei-o dentro do carro por um despenhadeiro. Ficou a dúvida entre acidente e suicídio. Suas finanças não estavam tão boas quanto proclamava. No fundo, foi melhor não ficarmos com ele na firma. Seria um cliente complicado. Nas duas vezes, depois das mortes, meu chefe veio confabular comigo, arrasado, segurava a minha mão. Era um pretexto. Dizia que era triste estar ficando velho sem um companheiro. Eu ouvia. Houve mais três, com intervalos de dois anos. Não eram meus únicos clientes. Eu tinha outros. Não matava todos. Só os que me conheciam e se recusavam a investir de início, até serem convencidos. Por isso não desconfiaram logo de mim. Mas com o último, que tive de esfaquear, porque reagiu, não precisava [o artigo no jornal dizia que foram tiros; deve ter perdido a cabeça], com o último a polícia abriu uma investigação e algumas dúvidas acabaram recaindo sobre a firma. Foi quando meu chefe começou a desconfiar que talvez todas aquelas mortes tivessem alguma ligação e tomou, embora a princípio de forma velada, a defesa da firma, contra mim evidentemente. Descobriram minhas impressões digitais na agenda da secretária, o que não queria dizer muita coisa; descobriram cartas de amor que eles endereçavam a mim. Se nada disso me incriminava, tudo me comprometia nesse caso imundo. Me prepararam uma armadilha. Sob falso testemunho de pessoas que diziam ter me visto em bares com as vítimas e que ele reuniu enquanto eu continuava trabalhando, sem me dizer nada, meu chefe me acusou de homicídio. Uma traição. Estava morto de ciúmes. Nunca conseguiu se recuperar da paixão que teve por mim desde o início. Você entende? [olhou para mim e sorriu]. Mas é tudo mentira [''Como assim?'', me espantei; ''Você disse que tudo era verdade.'']. Tudo é verdade; a mentira é a forma que deram aos fatos. Do jeito que os matei, eu não podia ser preso. Não deixei pistas. Nada prova nada. Você entende? A mentira é me prender, me acusar do que não podem provar. A mentira são as testemunhas, a armadilha que prepararam para mim''.

Não falei mais. O meu tempo tinha se esgotado. O guarda já estava na porta. Não tive coragem de lhe estender a mão. ''Volto amanhã'', eu disse, e ele sorriu, mas com os olhos baixos, tentando me evitar. Acho que ali já tinha percebido que eu não poderia ajudá-lo, que mesmo se me enganasse só eu tinha a lucrar com o que me dissesse. Não estava em posição de tirar nada de mim — não porque eu tivesse em condições de resistir mas pelas circunstâncias. No dia seguinte, quando cheguei à prisão, me informaram que o preso não queria me receber. Tinha mudado de idéia. Não haveria mais entrevistas. Fiquei inconformado. Mais uma vez, de algum jeito, ele tinha conseguido. Interrompendo nossos contatos, ele tomava novamente as rédeas, apenas para que eu me desse conta de que tinha caído mais uma vez em seu jogo. Tinha alimentado por tanto tempo a idéia daquelas entrevistas, por um instante acreditei que as tinha conseguido, e agora, sempre sem que me fosse dada a chance de entender a razão, minha expectativa era abortada com um golpe inesperado. "Deixe-me falar com ele, só hoje, pelo menos para entender por que não quer mais, por que mudou de idéia", eu implorava ao guarda, que balançava a cabeça. Foram as piores semanas. Tudo o que tinha esquecido voltou com força redobrada. Passava os dias ao lado do telefone, à espera de respostas do relações-públicas da prisão, que nunca vinham. Queria saber se ele tinha voltado atrás, se aceitava me receber de novo. Quando consegui finalmente falar com o relações-públicas, ele me disse que achava improvável o preso voltar atrás; me informou que agora ele estava recebendo uma outra pessoa, com quem conversava uma hora todos os dias. Perguntei quem era, um jornalista, um escritor? "Não", me respondeu o relações-públicas já sem paciência. "É o ex-chefe da firma."

Aquela frase calou fundo. Tive uma compreensão estarrecedora das coisas, o que acabaria confirmando pelos jornais, meses depois. Desliguei o telefone, mudo. Poderia ter dito ali mesmo ao relações-públicas o que aconteceria em seguida, vidente, o desenlace do caso, porque era óbvio, estava escrito, mas ele não compreenderia, não poderia acreditar se eu lhe contasse, porque não conhecia P. M. como eu. Dali para a frente, esperei a cada manhã a notícia no jornal. Sabia que viria. Todas as manhãs eu passava correndo por cima de todas as guerras, de todas as injustiças, de todo o sangue derramado e de todos os absurdos, de todas as denúncias e de tudo o que concernisse ao resto do mundo, à procura da história de P. M. Ao final de cinco meses, a notícia estava lá.

O ex-chefe tinha confessado os crimes. Tinha saído da prisão, após sua visita diária a P. M., e se dirigido à polícia.

Queria tudo oficializado o mais rápido possível (estava velho, achava que podia morrer a qualquer instante, e P. M. tinha "a vida pela frente"). Confessou cada uma das mortes. Segundo os policiais que testemunharam a confissão e que depois entrevistei, falava como se estivesse realizando o ato mais magnânimo do mundo, um ato de amor. Foi o que disseram. Estava cheio de si, hipnotizado. Comecei a tremer quando li o artigo no jornal. Pensei que podia ter sido eu.

Logo quando nos encontramos, naquele bar, ele me mostrou um homem careca no balcão e disse: "Está vendo aquele sujeito? É o Duane Michals, o fotógrafo. Eu o odeio", e riu. Guardei a frase. Pensei que tivesse esquecido. Mas foi a primeira coisa que me ocorreu quando não quis mais falar comigo, na prisão, me lembrei daquela cena, achei, como o meu personagem, o aspirante, num raciocínio confuso e inacabado, que podia conter a chave de todo o mistério, e resolvi procurar o fotógrafo, em desespero de causa, achei que podia ter alguma informação, alguma pista para o que eu não tinha conseguido diretamente, se P. M. o odiava também, é porque tinham se conhecido, podia saber, quem sabe?, podia ser a única testemunha do que eu estava vendo, podia ter uma foto. Encontrei Michals em sua casa, na rua 19. Estava velho. Me levou até o porão. Passamos horas procurando uma foto de P. M. em seus arquivos. "Houve muitos modelos, você sabe. Pela sua descrição", disse o fotógrafo, "ele pode ser qualquer um."

A certa altura, percebi que apenas eu continuava folheando os arquivos e ele me observava. Me perguntou se aceitaria ser modelo dele. "Preciso de alguém muito feio", disse. Eu me sentia na obrigação. Fizemos as fotos ali mesmo. Me disse que não era preciso posar, bastava ser o que eu era.

Quando nos despedimos, na escada, ele me pediu que lhe telefonasse em uma semana para ver se tinha achado alguma coisa. Quando liguei, disse: "Não. Infelizmente. Não achei nada. Mas houve uma coisa curiosa, que nunca tinha me acontecido na vida. Achei que você devia saber. As suas fotos saíram todas veladas", e depois, porque eu não tinha mais o que dizer diante daquilo: "Escute, estive pensando, se você precisa tanto saber alguma coisa sobre ele, por que não procura a família?".

Era verdade que eu não sabia mais de onde tirar alguma informação que me aliviasse, me fizesse esquecê-lo. Precisava saber alguma coisa que o tornasse real na minha cabeça. Só para esquecê-lo de uma vez. Mas a idéia da família era demais. Era traí-lo, era escapar do círculo que tínhamos criado juntos. Procurar a família podia ser tanto por coragem como por covardia. Ia ultrapassar finalmente o limite entre a minha obsessão e a realidade. Fui feito um cego. É que eu não podia mais esperar. Procurei o sobrenome na lista daquele subúrbio rico e liguei. Era a única pessoa com nome de eletrodomésticos naquele lugar. Só podia ser a mãe. Disse que era um repórter, que estava escrevendo um livro sobre o filho e queria ajudá-lo. Eu disse que não acreditava naquela acusação absurda. Dei meu nome. Ela o repetiu ao telefone. Perguntou se eu conhecia um homem chamado Fábio, com o mesmo sobrenome, um brasileiro. Eu ri. Disse que por coincidência o único Fábio que eu conhecia com aquele sobrenome, embora fosse bem comum no Brasil, era o meu próprio pai. Ela ficou muda. Eu disse alô. Não poderia me receber. Perguntei por quê. "Pergunte ao seu pai", ela disse. "Ele está morto", eu respondi, mas já tinha desligado. Tentei ligar de novo, mas agora o telefone só dava ocupado. Aluguei um carro no dia seguinte e fui até lá. Achei a casa numa rua arborizada. Toquei a campainha. Uma senhora magra e alta atendeu. Tinha cabelos castanhos, os olhos grandes e o nariz pequeno. Me pediu para ir embora. Eu insisti. Disse que precisava saber, e ali mesmo na porta, exasperada, ela me disse que tudo tinha começado com ele (o meu pai), se não tivesse prometido mundos e fundos ela não teria acreditado, não teria traído (e perdido) o marido, teria abortado aquela criança, mas ele prometeu e desapareceu e ela só se deu conta das coisas quando já era tarde e estava sozinha com aquele menino. Me pediu para ir embora. Para deixá-la em paz. Eu não tinha como rebater, dizia apenas que era um nome tão comum (o meu nome), podia ser só uma coincidência, podia ser qualquer um, como disse o fotógrafo. Estava perplexo e trêmulo. Por onde P. M. passava, eu nunca mais sabia se era sério. Mal consegui dirigir o carro na volta, com o pé tremendo no acelerador. Tinha sido aeromoça (uma das versões que P. M. tinha me dado da mãe). Passei a acreditar. Estava ali só para acreditar. Era com ela então que o meu pai tinha prometido fugir para a Argentina, eu pensei. Fazendo os cálculos pela diferença de idade entre nós dois (das datas de nascimento que P. M. havia me dado, escolhi a que melhor se adaptava à história), tudo devia ter acontecido naquela viagem de negócios, quando meu pai me trouxe um barco inflável de presente (em que eu quase naufraguei num dia de ressaca no Rio — minha mãe colocou a culpa nele, no tribunal ela usou o termo afogamento contra ele, embora nada tivesse acontecido de verdade), dois meses antes de se separar dela. Meu pé tremia no acelerador. Ele tinha ido ao Brasil à procura do pai (o meu), quando conheceu o militar com o tumor no cérebro. De fato eu tinha reconhecido alguma coisa no olhar dele. Não podia deixar de reconhecer. Como eu, P. M. tinha a expressão, o cenho, os cílios e as sobrancelhas, além de ficar repetindo que não confiava em ninguém. Era o meu pai escarrado. O nariz pequeno e o maxilar de macaco. Minha mesmíssima pele.

Na época, decidi não publicar este manuscrito. Na verdade, deixei-o de lado quando já não podia mais reescrevê-lo, quando percebi que escrever não o atingia. Não só não era sensível à literatura como leitor, mas também não era permeável a ela como personagem, não era descritível. Parei na hora em que percebi que era inútil, que não acabaria nunca mais, porque nunca o atingiria. Tinha que parar de escrever, se não enlouquecia. Desde o início ele tinha servido para me fazer perder o sentido da literatura. Se continuasse, não escreveria mais nada além daquilo. Ia me consumindo. Assim como agora entendo que quis conhecê-lo a certa altura para parar de amá-lo, também tentei conhecê-lo, entender a qualquer preço o que ele era, para parar de escrever sobre ele, mas continuava escrevendo para conhecê-lo, o que era uma impossibilidade e um círculo vicioso. Porque tudo era possível, todas as verdades. O manuscrito ficou inacabado. Era só o esboço de uma coisa que escrevi por não compreender e que quanto mais escrevia menos compreendia. Ele me assustava. A certa altura, percebi que quanto mais avançava mais eu me perdia, que terminá-lo era dar um fim a mim mesmo. Tinha medo de que, se o publicasse, de alguma maneira selaria o meu futuro. Ficou por anos e anos esquecido numa gaveta. Hoje meus livros vendem milhares de cópias e eu finalmente ganhei o prêmio Nobel. Passei por Nova York no mês passado, depois do discurso de Estocolmo, e, dessa vez, ao contrário das anteriores, senti que algo havia mudado, tinha perdido o interesse pela cidade. Há coisas que chegam tarde demais, e o meu sucesso perdeu a minha juventude, agora que não preciso mais dele, só dela. O mundo está aos meus pés quando não o quero mais. Meu editor americano perguntou-me sobre o meu desejo, o que queria fazer, qualquer coisa, o que desejava da cidade. Estávamos dentro do carro, ainda em Queens, entrando no túnel. "Gostaria de saber o que aconteceu com uma pessoa. Gostaria de saber se ainda está vivo. Se possível, queria vê-lo, sem que nada tenha sido arranjado. Gostaria apenas de encontrá-lo e dizer-lhe alô", eu disse. Ele me pediu o nome dessa pessoa. Eu dei. Ele ligou para a secretária e pediu que o localizasse. Em cinco minutos, quando já cruzávamos a segunda avenida, ela ligou de volta. Meu editor virou-se para mim, ainda no telefone com a secretária, e disse: "Na verdade, foi mais fácil do que parecia. O nome dele está na lista. Você quer ir lá agora?".

Era o mesmo prédio desde que o conhecera. Meu editor americano ficou esperando no carro. Entrei e perguntei ao porteiro por P. M., do apartamento 6K. Ele estendeu o braço para a rua e disse: "Ele acabou de sair. Naquela direção. Se o senhor correr, ainda pode alcançá-lo". Meu editor americano me viu sair correndo do prédio. Fiquei parado por um instante na esquina, com os braços abertos, aflito, olhando para todos os lados. Por fim, achei tê-lo visto, já a uns cem metros, de costas, descendo a Hudson lentamente. Tinha perdido quase todos os cabelos. Corri. Meu coração tinha disparado. Gritei seu nome. Depois do terceiro grito, ele se virou para trás e apertou os olhos, tentando entender do que se tratava. Quando viu que era eu (porque gritei "sou eu, sou eu"), também começou a correr. Estava fugindo. Tentou fugir de mim, inutilmente, porque o persegui e gritei atrás dele: "De que você está fugindo?". Era a mesma pergunta que lhe tinha feito tantas vezes — "O que você está procurando?" — só que reformulada pelos anos e para a ocasião. Na verdade, corríamos do jeito que podíamos. Era mais uma forma apressada de andar. Dois cinqüentões correndo pela rua, um perseguindo o outro. Uma cena ridícula, mas eu não me importava mais. Desde que o tinha conhecido, não me importava mais. Se ele teve algum efeito positivo na minha vida, foi o de me fazer perder o amor-próprio. Dois cinqüentões, um gritando atrás do outro e levantando a mão (porque eu tentava acenar enquanto corria). "De que você está fugindo? Sou eu, sou eu!", eu gritava, quando se jogou na frente daquele táxi — e, como tudo com ele, vou ficar para sempre sem saber se por descuido ou desatino, se foi dele ou meu o suicídio ou o assassinato — ao resolver atravessar a rua, numa guinada súbita para escapar de mim. Quando cheguei, estava no chão. Não vi sangue correndo em lugar nenhum. Nada nele era aparente. Não mostrava nada. Se havia sangue, era interno. Porque foi essa a causa de sua morte. Morreu de hemorragia interna. Eu o segurei nos braços. E aí, logo antes de morrer, ele se virou para mim e disse eu te amo, nos meus braços, e ficou me olhando com aquela cara (escondeu o rosto com uma das mãos, fechou os olhos e quando voltou a olhar para mim, de soslaio, já tinha um sorriso nos lábios) e eu tive por um segundo, antes de voltar a sentir tudo de novo (parecia que estava me esperando para morrer) e querer morrer com ele também — este sentimento a que estou condenado desde então, porque ficou como a última impressão, de que morrendo ele levou consigo o sentido do mundo, mesmo se depois de falar, e antes de morrer, ainda tenha arrematado o que disse com aquele sorriso que eu conhecia tão bem e que parecia colocar tudo o que tinha dito à prova e a perder —, pela primeira vez na minha vida (eu diria, por fim — e de que adiantava então lhe perguntar se éramos realmente irmãos?), a suspeita de que fosse na realidade uma representação pura e simples do demônio (um "demônio pintado"), a dúvida que eu só ia perder morrendo.

ESTA OBRA FOI COMPOSTA PELA HELVÉTICA EDITORIAL EM GARAMOND LIGHT E IMPRESSA PELA PROL EDITORA GRÁFICA EM OFF-SET SOBRE PAPEL PÓLEN SOFT DA COMPANHIA SUZANO PARA A EDITORA SCHWARCZ EM JUNHO DE 1996.